17일의 돌핀.

17일의 돌핀

지은이 **한요나**
펴낸이 **임상진**
펴낸곳 **(주)넥서스**

초판 1쇄 인쇄 **2023년 3월 25일**
초판 1쇄 발행 **2023년 4월 5일**

출판신고 1992년 4월 3일 제311-2002-2호
10880 경기도 파주시 지목로 5 (신촌동)
Tel (02)330-5500 Fax (02)330-5555

ISBN 979-11-6683-535-3 03810

가격은 뒤표지에 있습니다.
잘못 만들어진 책은 구입처에서 바꾸어 드립니다.

www.nexusbook.com
&(앤드)는 (주)넥서스의 문학 브랜드입니다.

17일의 돌핀

한
요
나

소
설
집

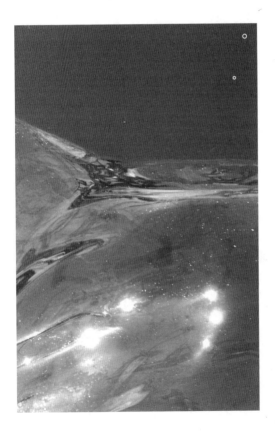

&

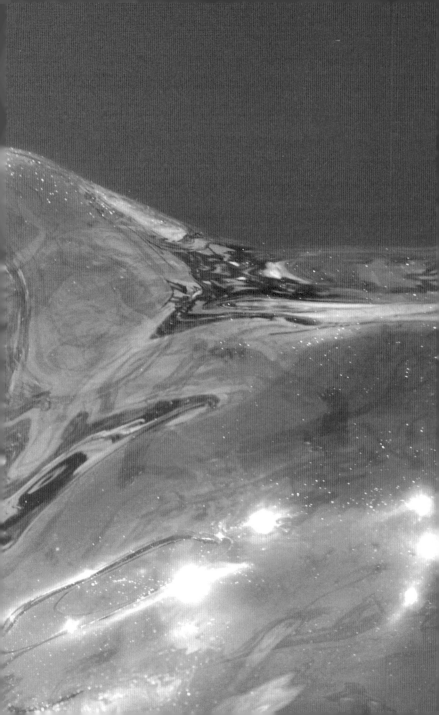

17일의 돌핀

17시쯤이면 남서쪽 창에서 음악이 들린다. 아마 10시나 11시쯤 시작되는 프로그램일지도 모르지만 내가 깨닫는 것은 그즈음이다. 진이 세 번째 수술을 하고 난 뒤에 들렸던 연주회가 떠올랐다. 현악기 소리라고 했던 것 같다. 관현악기 소리라고 하는 건가. 무척 인상 깊은 소리였지만, 재차 이름을 확인할 수는 없었다. 색다른 경험이라고 말하는 순간, 커밍아웃을 하게 되는 것이다.

뮤지엄에 있는 사람들은 대부분 '뒤로 가는 세대'이거나 '뒤로 가는 사람들'이었다. 그 가운데에서 앞으로 가고 있는 사람은 나뿐이라는 커밍아웃. 무식함을 드러내는 일이 된다.

그래서 그때 나는 집에 돌아와서도 진에게 "오늘은 정말 색달랐어!"라고 말하지 못했다.

신기한 건 음악 소리가 차도와 γ형 비행길을 두 구간이나 지나야 하는 맞은편 동네에서 들려오는 것 같다는 것이다. 국가 재난 방송이 아니고서야 이렇게 큰 소리를 낼 수 있는 곳이 어디 있을까. 창밖을 내다보고 아무리 둘러봐도 마땅한 건물을 찾을 수 없었다. 외벽에는 교통안전용 카메라가 달려 있었지만, 소리의 위치를 추적할 수는 없는 모양이었다. 그 또한 음악이 들리기 시작한 후에 알게 되었다.

17시쯤 나오는 음악은 지구 시절에나 연주되었던 음악이고, 그것은 이미 그때도 인기 없는 음악이었다고 했던 진의 말이 떠올랐다. 편향적인 기록 속에서 진실을 찾아내는 것은 어렵다. 그건 뮤지엄 관장이 직접 했던 말이기에 더 기이했다. 대체로 음악의 앞부분은 방까지 도달하지 못했고 최고조에 이르면 음악의 일부가 귀에 잡혔다. 모든 악기가 몸을 내던지듯 소리를 쏟아내는 구간. 무엇인가 꽉 들어찬다.

클라이맥스. 그것을 클라이맥스라고 부른다 했다.

얼마 전 헤어진 진은 역사음악 전공자다. 진은 역사음악이라 불리는 것 중에서도 연주자와 악기만으로 만들어지는 음악을 좋아했다. '폭풍이 몰려오기 전 밤은 고요했다'라는 문장이 만들어졌을 것 같은 음악이 좋다고 했다. 이 문장 또한 진이 알려 주었는데, 진은 전형적인 '뒤로 가는 사람'이었다. 뒤로 가는 사람들은 지구 시절의 문화를 좋아하고, 그 문화양식을 지키려고 하며, 삶 속에서 즐기고 실천하는 사람들을 말한다. 소수 문화를 즐기는 사람들이고, 대부분은 지식인이었다. 보통 사람들은 뮤지엄에 갈 만한 시간적 여유나 지식이 없었기 때문에 '뒤'에 대해 배울 일이 적었다.

그나마 우리가 있는 행성은 1행성으로 가장 오래된 지구인 거주 행성이라 문화가 가장 많이 쌓여 있는 곳이기에 뮤지엄이 꽤 여럿 있었다. (현재는 행성 이주 세대가 주를 이루어 세 군데의 지구인 거주 행성이 있다.)

진은 꽤 열렬한 '뒤'였고, 대학에서 만난 친구들과 함께 동아리를 만들어 17일에 한 번씩 만나 모임을 가졌다.

17일에 한 번씩 도시는 별과 구름 사이를 헤매듯이 움직였다. 그날엔 행성의 외벽에서 하루종일 작은 폭발과 소화가 반복되었다. 그래서 특수한 경우가 아니라면 17일 간격으로 행성의 외벽을 닫고 폭발을 관리했다. 잘 터지지 않고 행성에 가까워지는 가스 별은 일부러 폭발시켜 위험을 제거했다. 방치했다가는 후에 거대한 폭발로 번질 수 있기 때문이었다. 진은 그때가 이 행성 사람들이 연약해지는 때라고 했다. 사람들

은 익숙해지지 않는 폭발 소리에 두려움에 떨거나 지겨움에
한숨을 쉬었다.

뒤로 가는 사람들의 모임은 온라인의 글자도 아니고 음성
메시지나 비주얼라이징도 아니었다. 직접 몸을 움직여 어딘가
로 갔는데, 그들은 상당히 위험한 조직처럼 비밀스럽게 모였다.
내가 그렇게 느꼈던 것은 나를 초대하지 않아서가 아니었다.

그들은 모임을 저녁 6시의 소리라고도 불렀고, 성당 종소
리라고도 했다. 언젠가 진이 그 소리를 직접 들려준 적이 있
었는데, 그 소리를 듣는 순간 나는 어딘가로 떠밀려 가는 느
낌이 들었다. 돌핀의 기체機體에 처음 이상이 생겼던 날처럼
울컥 무언가를 토해 낼 것 같았다. 두려움이나 긴장감과는 또
다른 것이었다. 모여서 뭘 하는 건데? 물었을 때 진이 웃으며
들려준 소리였을 뿐이다.

돌핀, 돌핀에 대해 이야기해야 한다. 1행성의 중력은 지구
와 달라서 차도보다는 비행길이 더 발달했다. 교차로 역할을
하는 비행길이 γ형 비행길이다. 나는 특수 수송선 기사로 일
하고 있다. 개인 자산으로 돌핀(돌핀은 내 수송선의 이름이
다.)을 갖기까지 오랜 시간이 걸렸다. 개인 기사로는 비교적
어린 나이였지만, 수송선을 구입하기 위해 들인 시간은 평균
적인 수송선 기사들과 비슷하다. 나는 일찍 운전대를 잡았고,

그만큼 충분히 고생했다.

진은 뮤지엄으로 가야 할 악기들을 옮기는 작업을 통해 알게 되었다. 지구에서 가져온 악기들을 복원하고, 연주자들이 길들인 후에 뮤지엄으로 옮기는 일이었다. 진은 뮤지엄의 해설사로 일하고 있었지만, 그 일을 담당하면서 특수 수송선을 찾게 되었다. 나는 특수 수송선을 몰고 약속 장소에 나가서 진을 직접 만났을 때가 기억난다.

모니터 속의 진이 아닌 실제 진은 더 진한 올리브색 눈을 하고 있었다. 모니터 속에서 진의 눈은 너무 밝아서 꼭 외계인을 보고 있는 것 같았는데, 실제로 보니 단단해 보이기까지 한 짙은 올리브색이었다.

진은 내게 익숙한 언어로 말을 걸었다. 오랫동안 잊고 있었던 말이었다.

"혹시 한국어 알아요?"

이곳에서 대부분은 통역기를 가지고 다녔기 때문에 서로 다른 언어를 쓰는 것은 문제가 되지 않았다. 그래서인지 한국어는 색다르게 들렸다. 나에게 익숙한 언어를 듣는 일은 특별했다. 행성 이주를 하며 살게 된 곳이 동아시아인 거주 구역이었고, 나를 길러 준 사람들이 한국인었다.

"네. 알아요."

"진짜 반가워요! 나 요즘 한국어 공부해요."

"그런데 어떻게 알았어요?"

"저번에 통화할 때 순간적으로 한국어 튀어나왔던 거 알아요?"

"내가요?"

"응. 이쿠 씨가요."

"그랬구나."

영어가 공용어가 된 1행성에서 한국어 단어는 귀에 콕콕 박혔다. 하지만 내가 어떤 말을 했던 거지? 머릿속을 헤집는 사이 진이 웃으며 다가왔다.

"악기들은 예민합니다."

"예민해요?"

"어? 내가 잘못 말했나요?"

"아뇨. 맞는 말인데요."

"그럼?"

"악기가 예민한지 몰랐어서요."

"오늘 옮겨야 할 악기들은 현악기라서 더 조심해야 해요. 기체가 최대한 흔들리지 않도록 느리게 움직여 주세요."

"한국말 잘하네요."

"어? 정말요?"

"응. 지금 정말요? 하고 되묻는 것까지. 완벽해요."

그렇게 진을 알게 되었고, 진이 역사음악을 전공했다는 것까지 그날 알게 되었다.

돌핀을 천천히 몰았다. 감속이 가능한 도로를 골라서 최대한 천천히. 진은 그런 나를 보며 뒤에서 웃었다. 이 정도로 느리게 갈 일은 아니라면서, 그냥 최대한 조심해 달라는 거였다고 했다. 하지만 내가 모르는 어떤 예민한 것을 옮기는 일은 엉덩이에 땀이 찰 정도로 긴장되는 일이었다.

그날 옮긴 악기들은 뮤지엄에 도착하자마자 연주자들 손에 맡겨져 다시 조율되었다. 기체를 손보는 일에만 익숙했던 내가 보는 연주자들의 손놀림은 그저 유려하기만 했다. 동시에 무의미해 보였다. 저렇게 작은 걸, 나사처럼 돌렸다 풀었다 하며 소리를 맞추는 것이 무슨 의미가 있나 싶었다. 그런 그들을 바라보는 데 내가 얼마나 몰두해 있었는지 모른다.

"그렇게 신기해요?"

"네. 신기하네요. 저러면 뭐가 많이 다른가 보죠?"

"풉. 진짜 솔직하네요."

진은 그런 나를 뒤로 가는 세대와 어울린다고 했다. 감정에 솔직해질 수 있는 사람이 되자는 거죠. 그리고 옛것을 잊지 말자는 거고. 옛것을 잊지 말자는 건 옛것에 인간의 본질이 있기 때문이에요. 그는 마치 처음부터 한국어만 배운 사람처럼 말했다.

그리고 '클래식'이라는 단어를 알려 주었다. "클래식이라고 해요. 그건 아주 예전부터 써 왔던 말이에요." 내가 아는 클래식은 특정 악기나 음악을 지칭할 때 쓰는 게 아니라, 분위기나 기체의 넘버를 말할 때 쓰는 것이었다. 그래서 그가 말하는 클래식이 무엇인지 알기까지는 오랜 시간이 걸렸다.

6시의 종소리부터 시작되었다. 진과 내가 사귀기 시작하면서 우리는 서로에 대해서 알아 갔다. 제일 먼저 서로의 전공 분야에 대한 이야기를 나눴고, 서로 놀란 표정을 지으며 그 모든 것을 흡수해 갔다. 재밌었다. 그건 수업 시간 같기도 했고, 킨더가든에서 처음 만난 아이들의 놀이 같기도 했다.

언젠가부터 출근하는 일이 두렵다는 진의 말을 그냥 넘기지 말았어야 했다. 진의 한쪽 귀에 이상이 생기기 시작했다. 그것은 나와 함께 돌핀을 타고 돌아다니면서 생긴 병일 수도 있다. 어쩌면 진도 그렇게 생각했기 때문에 나에게 증상을 이야기하지 않았던 건지도 모른다.

처음에는 단순히 청력이 약해지고 있다는 판정을 받았다. 그래서 수술을 받는데, 어째서인지 자꾸 덧나고, 수술의 효

과가 없었다. 진에게는 음악이 전부나 다름없기 때문에 계속 치료 방법을 찾고 있었다. 그러면서도 나와 함께 자꾸 돌핀에 올랐다.

지구인으로 태어난 우리에게 1행성은 가혹한 곳이기도 하다. 물론 행성의 중력을 지구와 비슷하게 맞추기 위해 제어 시스템이 행성의 외벽 안쪽으로 영향을 주고 있었지만, 진짜 지구와는 완전히 같을 수 없었다. 차도 위의 차보다는 비행길이 빼곡한 것처럼. 우리는 여기에 맞춰 진화하거나 대충 살아가야 한다.

"라벨, 드뷔시, 사티⋯⋯."

그때부터 진은 세 단어를 자주 말했다. 라벨, 드뷔시, 사티. 그리고 물이 흐르는 소리가 들린다고 했다.

"자꾸 물이 흐르는 소리가 들려."

"귀에서?"

"귀에서 물이 흐르고 있는 걸까?"

"아니야. 약도 잘 먹고 있고, 잘하고 있는걸."

"⋯⋯."

"물 흐르는 소리라⋯⋯ 몸에서 들리는 걸 수도 있겠지. 아니면 뇌에서 착각하는 소리일 수도 있어."

"사티의 <그노시엔느>가 들리는 것 같아."

"찾아서 틀어 줄까?"

"아니야. 내 안에서 들리는 물소리가 좋아."

진은 내가 알아들을 수 없는 말을 잘했다. 나는 그게 아쉬웠다. 그의 말을 다 알아들을 수 있었으면 좋겠는데, 나는 그저 학생 때부터 운전만 열심히 공부했고, 기계에만 능숙했으니까. 그런 구역에서 자란 것을 탓할 수는 없지만, 확실히 우리는 너무 다른 환경에서 자라 알고 가진 것이 너무 달랐다. 그래서 그의 언어를 이해할 수 없다. 진의 언어를 이해하기 위해서는 통역기가 필요하지 않았다. 클래식이 필요하다.

뒤가 필요하다.

그래서 뒤로 가는 사람들의 모임에 함께하고 싶었다. 하지만 나는 자격 요건이 되지 않아서 함께할 수 없었다. 인터넷에서 '뒤'를 자꾸 검색하는 수밖에 없었다. 인터넷에서 말하는 '뒤'는 너무 방대하고 협소했다. 아주 넓고 얕은 물에 발을 담그고 있는 느낌이었다. 진을 통해 듣는 음악이나 음악을 통해 새로 알게 된 단어들이 아니면 이 물은 깊어지지 않을 것이다.

이제는 나에게 진이 너무 필요하다.

진이 듣는 물소리를 함께 듣고 싶었다. 하지만 나는 생활을 위해 돌핀에 계속 올라야 했고, 진은 쉬는 날이면 돌핀에 자꾸 함께 오르고 싶어 했다. 위에서 보는 세상이 이렇게 다를 줄 몰랐다는 말을 반복했다.

"이런 건 줄 알았으면, 앞도 보면서 살았어야 하는데."

"사람은 앞을 보면서 살아야지."

"뒤도 돌아볼 수 있으면 좋겠어."

"나는 네 덕분에 뒤를 보려고 하는데, 그때마다 아슬아슬하다고 생각해."

"뭐가?"

"모르겠어. 알면 안 되는 걸 알아 가는 느낌 같기도 하고. 아슬아슬해. 모든 게."

"……."

"너에 대해 알게 되는 것들도 모두 아슬아슬한 경계에 있을 뿐이라는 생각이야."

말하지 않는 게 더 좋은 경우도 있다는 걸 잊은 채로 모든 말을 술술 뱉고 나서야 아차 싶었다. 운전대에 이마를 탁 박고, 몸을 숙였을 때 진이 등을 두드려 줬다. 괜찮다는 듯이, 자기 때문이라는 듯이, 아무것도 말하지 않아도 된다는 듯이, 그러니까 이건 두려움이 맞다는 듯이 툭 툭.

나는 1행성에 특화된 사람이다. 그러니까 굳이 말하자면 '앞으로 가는 사람'에 해당된다. 물론 그런 표현은 없다. 대부분의 사람이 그렇게 살고 있기 때문이다. 하지만 진과 정반대

부류로서 이름을 붙여 보자면 '앞으로 가는 사람'이다. 나는 행성의 중력과 기압에 잘 적응했기 때문에 수송선 기사가 될 수 있었다. 그중에서도 나는 (당시로서는) 최연소 수송선 면허를 딴 케이스였다. 그러니까 예민함을 가진 진과는 전혀 다른 부류의 사람이다.

나는 감각의 예민함을 최대한 빨리 지운 사람이고, 언어를 잃어버린 사람이다. 소리에서 찾아낼 수 있는 이야기들을 잃어버린 사람이기도 하다. 물론 이 모든 표현은 진에게서 왔다. 그렇다고 해서 내가 감정을 못 느끼는 사람인 것은 아니었고, 진은 그게 마음에 든다고도 했다.

내가 돌덩어리처럼 느껴졌을 때, 진이 나타났다. 기계를 운전하는 사람이 아니라 기계와 다를 게 없는 사람처럼 느껴졌을 때. 그때 예민한 악기들을 들고, 진이 나타났다.

진이 나타난 뒤로는 내가 뭐라도 된 것 같았다. 하지만 진의 입에서 나오는 단어들은 다시, 내가 무엇도 되지 못할 사람처럼 느끼게 했다. 언젠가 진에게 함께 여행을 떠나지 않겠냐고 물었을 때, 진은 곧 17일의 운행이 시작될 것이라고 하며 에둘러 거절했다. 물론 진에게는 중요한 일정이었지만, 나에게는 그저 '거절'이었다. 다시 여행 얘기를 꺼냈을 때, 우리가 많이 다르다는 걸 확실히 알게 되었다.

그리고 17일간의 기다림에 대해서 생각해 보게 되었다. 진은 자신과 같은 사람들을 17일에 한 번꼴로 만날 수 있는 것이다. 나머지 시간은 어떨까. 우리가 사귀게 되면서 진은 나랑 있는 시간이 길어졌지만, 그게 좋은지는 알 수 없었다.

나는 진이 모임에 가 있는 동안 책을 읽거나 진이 골라 둔 음악을 들었다. 1행성이기 때문에 구할 수 있는 자료들이라고 들떠서 말하는 진의 모습에 괜히 웃음이 나왔다. 진은 아이 같은 면이 있으니까, 하다가도 전문적인 지식을 늘어놓을 때 모습을 보면 흠칫했다. 내가 알고 있는 사람은 후자에 가까울까, 전자에 가까울까. 둘 다 합쳐 놓아야 완벽한 진이 되지만, 진은 사실 아무 생각이 없을 것이다. 아니, 너무 많은 생각을 가지고 있을 것이다.

진의 어린 시절을 상상해 보았다. 진과 함께하면서 늘어난 것은 생각과 상상이었다. 진은 곧 나도 감각의 재편성을 할 수 있을 것이라고 했다. 그게 뭐냐고 물었을 때 진은 악동 같은 표정을 지었는데, 나는 진이 그런 표정을 지을 수 있다는 것에 놀랐다. 진은 언제나 진지했기 때문에. 아이 같은 행동을 해도 너무 똑똑한 아이처럼만 보였기 때문에. 그 악동 같은 표정이 좋았다.

나는 재미없는 것보다는 당연히 재미있는 게 좋다고 툭 말해 버리는 사람이다. 수송선 일이 험하다는 주변의 만류에도 일찌감치 운전면허를 딴 것 또한 재밌는 일을 하고 싶어서다. 위험할지라도 재밌는 게 좋다. 악동 같은 표정은, 진이 나를 닮아 가는 것 같아서 기쁘기까지 했다.

진은 언젠가 나를 뒤로 가는 사람들의 모임에 데려가려고 했었다. 그곳에 가면 더 많은 경험을 할 수 있고, 소리도 단어도 더 많이 모을 수 있기 때문이라고 했다. 나는 진의 말을 거의 이해하지 못했다. 나는 그때 새로운 플라잉 수트를 보고 있었다.

진은 그런 나에게 서운해하지 않았다.

진은 어차피 연습할 시간이 필요할 거라고 했다. 내가 운송 일정이 없는 날이면 숙제를 내 주곤 했다. 본인이 일을 가거나 17일 만의 모임에 갈 때도 숙제를 내 줬다. 책을 읽거나 음악을 듣거나 가끔은 영화라는 것을 보기도 했다. VR게임이랑은 비교도 안 되게 허접한 세상이었다. 하지만 재미가 없는 것도 아니었다.

진의 말에 따르면 자신들과 같은 일을 하기 위해서는 뇌를 다시 만들어 간다고 생각하면 좋다고 했다. 뇌의 주름을 쫙 폈다가 다시 하나하나 주름 지어 가는 일. 옷을 만드는 일을 상상해 보라고 했다. 아직은 진만큼 상상력이 뛰어나지 못하지만, 일단은 시도해 본다. 나는 진이 소리를 잃게 될까 봐 겁이 난다. 진에게 잘해 줄 수 있는 일은 내가 진과 비슷해지는 것뿐이다.

"오늘은 이걸 해 줬으면 좋겠어."

"해 줬으면 좋겠다는 표현은 싫어."

"그럼?"

"해 주는 게 아니라, 내가 좋아서 하는 거야. 내가 선택한 거라고."

"알았어, 알았어. 고마워."

"너를 닮고 싶은 것도 있지만, 너랑 있는 시간이 조금 더 즐거웠으면 하는 바람이라고."

"응. 알아."

"나 노력하는 거야. 내가 하고 싶어서."

"응. 니가 하고 싶어서."

진이 나에게 내 준 숙제는 예를 들면 이런 것이다. 음악에서 들리는 단어들을 최대한 빨리, 많이 잡아내기. 노래 가사인 경우도 있었고, 내레이션인 경우도 있었는데, 들리는 단어들을 재빨리 받아 적는 것이다. 문장 전부를 받아 적어서는 안 되고, 중요하게 들린 단어들을 받아 적어야 한다. 그리고 단어들을 사어死語 사전에서 찾아봐야 한다. 지금까지 쓰는 단어라면 내가 아는 대로 뜻을 적어 봐야 한다.

학교에서도 하지 않았던 공부를 하려니 머리에 쥐가 나는 것 같았다. 그냥 돌핀을 몰고 한 바퀴 돌고 오고 싶었지만, 수송선은 신고한 일정 외의 시간에 움직여서는 안 된다. 이럴 때는 자가용 비행선 사이트를 뒤졌다. 아직 구입할 수 있는 여유는 없지만 보는 것만으로도 위로가 됐고 무엇보다 재미있었다.

이런 식으로 생각이 샐 때가 많다. 진이 내 주는 숙제는 겉으로 보기엔 장난스러울 정도로 쉬워 보였지만, 절대 쉽지 않았다. 특히 나처럼 앞으로 가는 사람에게는 어느 순간 '쓸데없이' 느껴진다는 게 제일 큰 문제였다. 바람이 빠지기 쉽다. 바람이 빠지지 않도록 정신을 똑바로 차리고 있어야 했다.

그런 노력 끝에도 나와 진은 마지막을 맞이했다. 이야기의 끝이 해피 엔딩이었으면 좋겠지만, 어쩔 수 없었다. 앞으로 가는 사람과 뒤로 가는 사람은 영원히 멀어지지 않기 위해 노력하는 관계다. 그래도 이런 걸 말로 표현할 수 있게 된 건 진 덕분이다.

그러니까 나는 진이 옆에 있었으면 바랐다.

귀가 들리지 않게 될지도 모른다는 불안과 공포는 진을 그대로 집어삼켜 버렸다.

얼마 지나지 않아, 나는 진과 함께 감각의 재편성을 시작했다. 매일 조금씩 진행할 줄 알았는데, 어떤 단계는 없다는 듯이 곧장 실행해 버렸다. 그동안 나에게 숙제로 내 주었던 것들을 열심히 했다면 충분히 해낼 수 있을 것이라고 했다.

며칠에 걸쳐, 혹은 몇 달에 걸쳐 해내는 사람도 있지만, 실은 그 정도의 시간이 필요한 건 과제를 포함한 시간이라고 생각하면 된다고 했다. 그렇다면 나는 거의 두 달 동안 이 일을 위해 힘쓴 것이다. 두 달 만에 가능한 일일까?

감각의 재편성은 통일된 감각을 흩어서 다시 정렬하는 것이었다. 때로는 정렬하지 않은 채로 두기도 한다고 했다. 진은 그런 것을 위해 뒤로 가는 사람들과 꾸준히 만난다고 했다. 그럼 내가 감각의 재편성을 끝내면, 잘 해내면 함께 17일의 모임에 갈 수 있는 거냐고 물었더니 진이 희미하게 웃고 말았다.

감각의 재편성은 1행성 인간에게서 사라진 감각들을 먼저 찾아야 한다.

인간은 지구에서 1행성으로 오기 위해 제일 먼저 감정과 생각을 컨트롤했다고 한다. 그 과정에서 생각이나 감정을 분리해 저장소에 넣어 버린 사람들도 있었고, 타고난 재주로 감각을 빠르게 통일시킨 사람들도 있었다고 한다. 그들이 제일 먼저 1행성에 이주되었다. 2행성과 3행성을 찾기까지 오랜

세월이 걸렸고, 지구에 남겨진 인간들은 굶주림에 시달렸다. 그동안 1행성의 인간들은 가난에 허덕이지 않고, 굶주림에 시달리지 않았다.

따라서 사람들은 앞다퉈 자신의 통일된 감각을 증명하기 시작했다. 다 같이 바보가 되는 길이 안전하다고 떠드는 종교도 있었다고 한다. 이것은 역사 시간에 대략적으로 배운 것이었다. 우리는 학교에서도 감각을 통일시키고, 빠르게 결단하는 능력을 키워 왔다. 그것은 본능에 귀를 기울이는 일과 비슷했는데, 인간에게는 동물적인 감각 외에 너무 많은 감정과 정보들이 오간다는 것이 문제였다. 우리는 최대한 동물적으로 움직이기 위해 노력했다. 나는 그런 걸 잘했고, 그래서 최연소 수송선 운전사가 될 수 있었다.

그런데 진과 함께하는 동안 나는 그 감각을 흩어 버리게 된 것이다. 진은 그렇게까지 해서 나를 데리고 모임에 가고 싶은 걸까? 아니다. 모임에 가고 싶은 것은 자신뿐이다. 꼭 내가 함께하지 않아도 된다. 나는 알고 있다.

나는 왜 이 위험한 행동을 하고 있는 것일까. 이유를 어디서 찾아야 할지 모르겠다. 일단은 진이 말한 대로 시도는 해 보는 것이다. 나는 진과 함께하고 싶다.

소리를 듣고 새로운 단어와 이야기를 떠올리는 작업을 하는 동안 몸이 과열됐다. 진에게 전달되지 않을 텐데도 나는 그 온도가 두려웠다. 하지만 무엇보다도 두려웠던 것은 진의 영향으로 감각이 재편성되고 있는 것이 아니라는 진실이었다. 내 몸이 저절로 그것을 수행하고 있었다.

"두렵다."

"떨린다가 맞을걸."

"떨린다?"

이제는 진이 나를 가르친다.

"무엇을 좋아하면 가슴이 떨린다고 표현했지. 그걸 설렌다고도 한다."

"떨린다는 건 감정일까, 감각일까."

"너는 지금 선을 넘고 있어."

"내가 무엇을 좋아하고 있는 걸까."

진이 말을 잃었다.

"너일까? 너랑 함께하고 있는 지금 이 순간일까. 아니면 이 음악일까."

서로의 무엇? 그건 뒤로 가는 사람들이 좋아하는 영화에나 나올 법한 말이고, 너무 뒤로 가면 위험할 거라는 기묘한 믿음만 확실해졌다. 역사음악 전공자니까, 자칭 뒤로 가는 사람이니까. 더 잘 알고 있을 사람에게 어떤 말도 하지 못한 채,

나는 함께 있었다.

진이 말한 감각의 재편성은 몸이 느끼는 변화였다. 내가 여태까지 연습한 낱말들, 그리고 소리들이 내 안에서 무언가가 되는 과정이었는데, 나는 아직도 완벽히 이해하지 못했다. 다만 몸에 오르는 열이 무서웠고, 자랑스러워하는 진의 표정이 좋았다. 오래도록 진의 그런 얼굴을 보고 싶었다.

"이쿠."

"응."

"어때?"

"붕 뜬 기분이야. 처음 수송선에 올랐을 때가 떠올라."

"귀여워."

"뭐가?"

"너 같은 사람을 만나서 다행이야."

"나 같은 사람?"

"너를 통해서 내가 얼마나 수많은 재편성을 했는지, 넌 영원히 모를 거야."

진이 사랑스러운 얼굴로 말했지만, 나는 내가 영원히 모를 것에 대해 듣고 싶지 않았다. 그때부터 진과의 관계가 껄끄러워졌던 것 같다. 영원히 이해할 수 없는 사람과의 만남을, 진은 어떻게 생각하고 있는지 불안해졌다. 예전의 나라면 전혀 생각하지 않았을 문제였다.

　하지만 이제 나는 감각을 다룰 수 있는 사람이다. 그러니까 진의 말을 조금 더 이해할 수 있다. 그 핵심이 무엇인지, 적어도 어떤 온도로 말하고 있는지 알 수 있다.

　그게 기뻐야 했는데, 기쁘지 않았다. 차라리 몰랐으면 좋았을 텐데.

　"물소리가 들려."

　"다시 병원에 가 보자."

　"병원에서는 자꾸 이상이 없다고만 해. 지겨워."

　"하지만 분명 어딘가가 문제가 있는 거잖아."

　"내가 문제 있는 사람으로 보여?"

　"그게 아니라. 니가 계속 좋아하는 일을 할 수 있었으면 좋겠어. 너는 음악을 좋아하잖아. 뮤지엄에서 일하고 있고. 뒤로 가는……."

　"뒤로 가는 사람이고. 그래, 너는 앞으로 가는 사람이었지."

　"뭐?"

　"지금은 어때?"

　"뭐가."

　"넌 지금 앞이야, 뒤야?"

　나는 끝내 대답하지 못했다.

싸우고 싶지 않았다. 좋아하는 사람끼리 왜 다퉈야 하는지 이해되지 않았다. 진은 그런 다툼도 중요하게 생각하는 사람이었다. 계속해서 연결되기를 원했다. 하지만 나는 아니다. 나는 잠시 끊어지는 시간도 있어야 한다고 생각한다. 전화와 비슷하다. 돌핀이 잘 쉬어 주고, 많이 날아 줘야 하는 것과 같다.

돌핀을 점검하러 나가는 길에 진을 다시 쳐다봤다. 이야기를 더 하고 싶다는 눈빛. 나는 그 눈빛이 두려워졌다. 그 눈빛은 싫지 않았지만, 그 이후에 우리가 나눠야 할 이야기들이 너무나 지난해서 싫었다. '지난하다'는 말도 진이 아니었으면 몰랐을 말이다. 죄다 진에게 점령당한 느낌이다.

나는 머리를 세게 털며 밖으로 나갔다. 그동안 쌓였던 감정을 돌핀을 박박 닦는 데 썼다. 잔뜩 오른 열을 그대로 돌핀에게 밀어 넣고 싶었다. 그러면 날아갈 수도 있을 것 같았다. 감정이라니. 쌓였던 감정이라니. 나는 도대체 무엇이 되고 있는 걸까. 뒤도 아니고 앞도 아니고, 어중간한 위치에서 아무것도 못 하고 있는 것 같다. 어울리지 않는 치마를 입은 것처럼 불편했다. 진이 그 치마를 억지로 입힌 것도 아닌데, 진에게 자꾸 화가 났다.

진의 귀를 걱정하는 것과는 다른 문제다.

진은 결국 세 번째 수술을 받기로 했다. 우리는 그 날짜만을 기다리고 있었다. 그 수술 뒤에는 중요한 연주회가 잡혀 있었고, 진은 연주회의 총괄 감독이었다. 역사음악을 소개하는 날, 그러니까 그날은 수많은 '뒤'들이 모이는 날이었다. 진은 그날을 기다리고, 또 기다렸다. 수술보다 더.

하지만 나는 진의 수술 날짜가 더 기다려졌다. 돌핀을 박박 닦으면서 진의 수술이 끝나면 무엇을 할지 생각했다. 지금도 함께할 수 있는 게 충분히 많이 있는데, 내가 진의 수술을 기다리는 이유는 뭘까?

설령 진의 한쪽 귀가 잘못되어도 그까짓 거 인공 귀를 달 수도 있고, 방법은 많이 있다. 하지만 진이 절대 그런 방식의 치료는 선택하지 않을 것을 알기에 나는 더욱 간절해졌다. 진의 세 번째 수술이 성공하기를. 성공하기를. 그러나 왜 성공해야 하는지, 이유를 설명하지 못하겠다. 진의 일이다. 진의 인생이고, 진이 선택할 일들이 놓여 있을 뿐. 나는 아무것도 아니다.

아, 아무것도 아니라는 감각이 무서웠구나. 깨닫는다.

돌핀을 다 닦고 방수 코팅제를 뿌리는 동안 나는 진의 마음을 생각한다. 진의 마음에는 들지 않을 일들. 그 일들이 나에게 어떤 영향을 줄지 생각한다.

물이 흐르는 소리가 들려. 물이 흐르는 소리.

물, 흐르다, 소리, 들리다.

듣는다는 것은 무엇일까. 진이 그동안 나에게 내 주었던 숙제들을 생각한다. 더 많이 들으라고, 더 많이 듣고 받아 적으라고 했던 것들을 생각한다.

진의 수술은 실패였다. 하지만 진은 뮤지엄에서 계속 일한다. 공연도 멋지게 마쳤다. 진은 더 이상 예전의 악동 같은 표정을 짓지 않았다. 그리고 나에게 과제를 내 주거나 감각의 재편성을 시도해 보자는 말을 하지 않았다.

무엇보다도 17일을 주기로 하늘이 닫히는 날, 밖으로 나가지 않았다. 뒤로 가는 사람들의 모임에 나가지 않았다. 더 이상 자신은 '뒤'일 수 없다는 듯이. 그렇다고 내가 진을 끌고 앞으로 나아갈 수도 없다. 그것은 진이 원하는 결말도 아니고, 내가 원하는 결말도 아니다.

진은 그렇게 점점 멀어졌다. 한바탕 꿈이었으면 좋겠다는 말을 자주 했고, 그러나 아무 일도 없다는 듯이 뮤지엄으로 출근했다. 나는 그런 진을 지켜보는 것이 힘들었다.

진은 그런 나를 금세 알아챘다.

"우리는 뒤로도 앞으로도 갈 수 없어."

"진아."

"미안해. 내가 이렇게 만들었어. 내가 우리 둘 다 어정쩡한 사람들로 만들어 버렸어."

"그런 게 아니잖아."

"정말 아니라고 생각해?"

"예전과 달라진 것들이 있지만, 그건."

"그건 다 나 때문이야. 물론 그렇게 생각하지 않는다는 거 알아. 그래서 고마워."

"고맙다고 말할 타이밍이 아닌 것 같은데."

"우리 이제 그만 바보가 되자."

"그게 무슨 말이야?"

"그게 안전할 것 같아."

진은 알 수 없는 말만 남겨 두고 더 이상 우리 집에 오지 않았다. 내가 먼저 진의 집으로 찾아가도 됐겠지만, 진이 원하지 않는 일이라는 걸 본능적으로 알아차렸다. 애초에 돌핀에 진이 오르지 말았어야 했다. 그런 생각마저 든다.

지금은 15시. 벌써 음악 소리가 들리는 것 같다. 창밖을 내다보니 소리는 보이지 않고 비행길 아래 물이 오르고 있다. 수자원관리소에서 수위를 높이는 날이라고 메시지를 보내지 않았는데, 꼭 물이 저절로 불어난 것처럼 비행길 아래 아슬아슬하게 흐르고 있다. 물이 흐를 리 없는 곳에서 관도 현도 아닌 것을 따라.

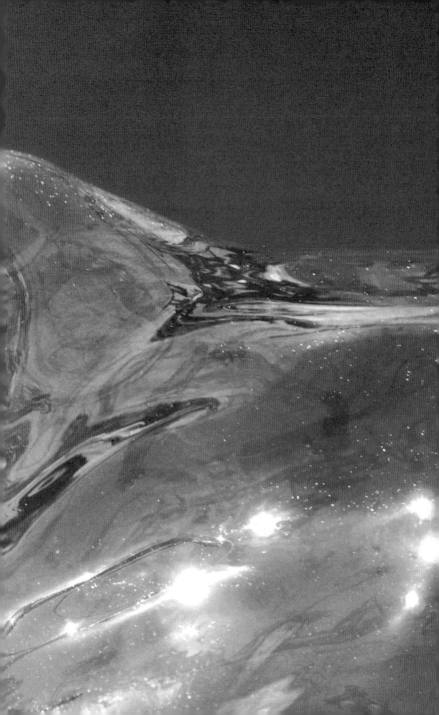

②

바닷가의 모리유

✳ 본 작품은 아포칼립스적 세계관을 구축할 때, 거대 적과 대결하는 로봇과 파일럿
의 이야기인 <에반게리온>에서 모티브를 얻었습니다.

문제가 생겼다고 했다. '페아'와의 셀신 수치가 낮아졌다는 거였다. 나만 그런 것이 아니라는 게 제일 문제였다. 로봇과 파일럿의 셀신 수치가 낮아지는 원인은 기계 결함이 아니라고 했다. 통제실의 말은 그랬다. 그들은 언제나 파일럿이 강하고 약하고의 문제를 가지고 이야기했다. 나는 조종석에서 나와 통제실로 들어갔다. 지휘관은 괜찮다고 대충 어깨를 두드렸지만 나는 유리벽 너머를 보고 있었다. 조종석으로 들어가는 해안이 보였다.

　유일하게 해안만이 셀신 수치에 변화가 없었다. 어제와 비슷한 수치다. 안정적이었지만 더 높아지지도 않았다. 통제실

입장에서는 그것이 못내 아쉬운 듯했다. 해안이 처음 셀신을 쟀던 날을 생각하면 어제 오늘의 수치는 형편없었다. 그래 봤자 그들은 기계 안에서 숨을 쉬는 일 따위, 마음을 다잡는 일 따위에는 관심이 없을 것이다. 안달이 난 건 이쪽이다. 세계를 지키겠다고 소란을 떨고 있는 것은 그들이었지만 정작 소란 없이 세계를 붙잡고 있는 건 우리였다.

해안은 일반 비행학교에서 차출되었다는 말이 있었다. 표정이나 아우라에서 느낄 수 있는 초보자의 떨림 같은 게 있었다. 조금 가까워진 후에 그녀가 밝은 편이라는 것을 알게 되었는데 그 또한 신뢰할 수 없는 부분이었다. 이런 죽음의 세계에서 무엇이 그녀를 밝게 만드는지 알 수 없었다. 하지만 누구도 물어보려 하지 않았다. 그런 걸 알고 싶을 만큼 삶이 여유롭지 않았다. 그녀가 기동대에 들어왔을 때 나를 포함한 몇몇이 그녀의 탑승을 반대했지만 사령관은 완고했다.

해안은 프로그래머나 엔지니어들과 금세 친해졌다. 파일럿으로 최종 선발이 되었을 때는 더 오랫동안 케이코에서 자란 훈련생들의 눈초리를 받아야 했을 텐데도 해안은 무엇이든 금세 익숙해지는 것처럼 보였다. 해안의 로봇인 '모리유'의 전담 엔지니어는 내 페아의 엔지니어이기도 했다. 그가 해안과 빨리 친해진 것이 가장 신기했다. 같은 파일럿인 내가 해안과 더 쉽게 친해져야 하는 거 아닐까 생각하는 순간 부끄러웠다. 설마 내가 질투를 하는 건가, 질투를 한다면 해안을 질투하는 것인지 그를 질투하는 것인지 알 수 없었다. 내가 인간에게 집착하고 있다는 사실 자체가 수치스러웠기 때문에, 낯선 감정을 들키지 않기 위해 페아에 뛰어 들어갔다.

감정을 잊기 위해서는 몸의 감각에 집중하는 게 좋다. 감각, 감각, 감각. 페아와 나의 감각, 교류, 교신, 감각의 교류, 하나가 되는 몸, 로봇과 나, 페아, 나, 분리되지 않았으면 좋겠다. 세상이 계속 이렇게 공격당했으면 좋겠다는 말 같아 약간의 죄책감이 들긴 했지만 그래도 내가 분리되지 않았으면 좋겠다. 그냥 여기서 페아와 하나가 되는 게 더 안전할 것 같았다. 이제는 내가 먼저 안전해지고 싶었다.

훈련실 안에서는 해안이 안간힘을 쓰고 있었다. 아무리 집중을 해도 모리유와의 셀신 수치가 처음과 같은 수치를 보이지 않는다고 했다. 지휘관이 한숨을 쉬면서 했던 말이 떠올랐다.

- 쟤 처음 왔을 때 기억나냐? 훈련복도 안 입고 교복 차림으로 모리유에 들어갔을 때 말이야. 셀신 수치가 96퍼센트였어. 우리 다 뒤집어졌었다고. '위대한 모리유'랑 너무 딱이지

않냐고. 네가 '마하'를 탔을 때 정도의 위대함이었어. 잠시나마 우리 모두가 희망을 가졌다고. 너희가 처음에 로봇에 탑승했을 때 생각해 봐. 1년의 훈련기간이 있었어. 가상 체험도 서른 번 넘게 했지. 걘 모든 게 처음이었어. 그런데 96퍼센트가…… 정말 우연이었을까?

케이코의 모든 사람들은 기대하고 있었다. 하지만 그들이 모리유에게 애착을 갖는 건지 해안에게 애착을 갖는 건지는 알 수 없었다. 모두가 간절할 뿐이라는 걸 어렴풋이 알고 있었다. 이런 세상에서는 작은 씨앗 하나도 커다란 나무로 보일 테니까.

해안이 훈련실에서 나왔다. 오늘의 수치는 88퍼센트. 나쁘지 않은 수치다. 이대로 전투에 나가도 괜찮은 수치니까 내일 당장 전투에 투입되어도 된다. 문제는 훈련이 부족한 파일럿이라는 점이다. 우리는 제너레이터도 모터도 없는 인간이니까 더 나은 파일럿이 되는 것이 중요했다. 해안은 케이코에 들어온 지 1년이 조금 못 되었다. 본격적인 훈련을 시작한 것은 다섯 달 정도 되었다.

언제부터 해안에 대해서 속속들이 알게 되었는지 모르겠다. 나는 훈련실에서 나와 복도를 걷는 해안의 뒤통수를 쫓았다. 풀이 죽은 모습. 비척비척 걸어가면서 신발 앞코로 바닥을 찼다.

- 너 왜 그러는데? 뭐가 불만이야.

뒤를 돌아보는 해안의 눈에는 화 같은 것이 가득했다. 그러고 보면 해안은 눈물을 보인 적이 없었다. 해안이 들어오기 전에 모리유에 탔던 네 번째 파일럿은 괴성을 지르며 눈물로 온 얼굴을 적신 채 탑승구에서 구출되듯 나왔다. 그리고 그날 오후 그녀는 케이코에서 탈출했다. 해안은 그런 구석이 하나도 없었다.

- 88퍼센트가 우스워? 욕심이 너무 많은데.

이렇게 내몰려던 건 아니었다. 하지만 해안을 보면 자꾸 무언가가 치밀어 올랐다. 왜? 나에게 반문을 해도 나를 닮은 그림자가 드리우기만 했다. 그래서 지휘관이나 통제실 사람들을 마주치는 것보다 해안의 등장이 더 껄끄럽게 느껴졌다. 해안의 짧은 머리가 유독 눈에 들어왔다. 나와 같은 짧은 머리, 하지만 쓸데없이 큰 키. 내가 올려다봐야 하는 그 높이도 싫었다.

- 언니랑 전투에 나가고 싶은데! 아 그런데 통제실에서 자꾸 아직은 아니라고 하니까.

심장이 딱딱해졌다. 전투에 나가고 싶다니. 전투에 나가면 어떤 광경을 마주하게 될지 몰라서 그런 소리를 하는 건 아닐 것이다.

– 그게 로봇과 연결이 잘 안 되기 때문이라고 생각해?

– 훈련이 그렇게 중요해요? 결국 싸우는 건 모리유잖아요. 난 그 안에 타고 있을 뿐이고! 충분히 훈련받았다고 생각해요.

– 네가 로봇을 얼마나 정교하게 다룰 수 있는데?

– 모리유는 지능을 가지고 있잖아요. 그리고 아테네가 통제해 주기도 하고.

– 그럼 뭐 하러 셀신 수치를 재고, 뭐 하러 파일럿을 키우는데?

– 아, 다시 원점으로 돌아가는 얘기잖아요. 나는 그냥 언니처럼 전투를 하고 싶을 뿐이에요. 풀을 죽이고 싶다고요. 나도 멋지게 파바바밧! 그런 걸 원하는 거예요. 그런데 언니.

갑자기 내 얼굴 앞에 해안의 얼굴이 바짝 가까워졌다. 급하게 걸음을 멈췄지만 이미 가까워진 얼굴의 거리가 난감했다.

– 언니, 나한테는 왜 맨날 화내요?

– 네가 말하는 건 전부 모순이니까.

– 거봐, 말하는 것도 맨날 어렵게 해. 재미없음입니다. 삐-.

해안이 작은 로봇 흉내를 냈다.

– 너도 재미없어.

– 언니는 진짜 로봇 다 됐나 봐요.

얘는 어쩌다 여기까지 왔을까. 차라리 정부에서 지은 안전 구역에서 교복을 입고 학교나 다니는 게 낫지 않았을까. 하지만 더 이상 대화를 하고 싶지 않았다. 해안의 말이 맞았다. 나는 해안에게 항상 화를 내거나 잔소리를 하게 됐다.

- 훈련 제대로 해. 그러면 셀신은 88이면 충분해.

- 언니는 페아랑 얼마나 통하는데요?

쟤는 내 치부를 아무렇지 않게 쿡 찌르고 만다. 정말 재수 없는 애다.

- 오늘은 88퍼센트. 페아는 마하만큼 날 사랑하지 않는 모양이지.

- 언니도 훈련이 더 필요해요?

정말 재수 없는 애였다. 앞서 걷고 있는 긴 다리가 더 이상 보이지 않았으면 좋겠다. 저 짧은 머리도 왜 나랑 똑같이 짧은 것인지 묻고 싶었다. 그 정도로 저 녀석이 신경 쓰여서 어찌할 바를 모르겠다.

- 마하처럼 되기 싫으면 훈련이나 하고 모리유 마음이나 이해해.

- 언니는 페아의 마음이 이해되나 봐요?

해안은 몸을 휙 돌려 비죽이듯 말을 툭 뱉고 숙소 쪽으로 향했다.

프랑스 상공에 나타난 네모난 외계 비행체는 도시를 완전히 부수기 시작했다. 그 거대한 적은 10년 전 쯤 나타났다. 그후 그 위치에서 프랑스를 파괴하면서 지구 전체로 퍼져 나갔다. 처음엔 파리에서 시작되었다. 하지만 그것은 하나가 아니었다. 암스테르담에서 작센을 지나 발트를 넘어 모스크바에 나타났을 때, 그것은 이름을 가지게 되었다. 더 이상 외계 비행체가 아닌 '풀(foule)'이라고 불리게 되었다. 아시아로 넘어가는 일은 시간문제라고 생각되었다. 각 국가에서는 비상대책망을 연결하게 되었고, 프랑스와 유럽연합, 미국 등을 필두로 코망세(commencer)라는 기관이 만들어졌다. 한국에는 K-commencer를 줄인 '케이코'가 설립되었다.

풀(foule)은 '대중'이라는 뜻이라고 했다. 그들을 대중으로 보았던 것일까. 우리와는 또 다른 대중이 나타나서 이 땅을 장악하려고 하는 것이라고, 그렇게 생각했다면 대중보다 더 적절한 단어가 있지 않았을까. 그 이름을 지은 단체 혹은 수장이 누구인지는 모르겠지만 나는 싸움을 계속해 나갈수록 그 이름이 꽤 잘 들어맞는다는 생각을 했다. 나는 대중과 싸우고 있다.

어떤 단체에서는 풀의 등장이 우주의 팽창과 관련이 있다고 했고, 어떤 과학회에서는 PK행성의 움직임에서 기인한 외계 생명의 이주라고 주장했다. 첫 번째 타입의 풀이 나타났던 프랑스에서는 정부의 공식 입장이나 언론 보도로는 납득되지 않는 현상들에 국민들의 대혼란이 일었다. 끝내 인간의 죄 때문이라는 종말론적 이야기나 음모론이 더 설득력 있게 나돌았다. Paris Info의 1페이지를 장식한 뉴스였다. 4년 전이라면 헛웃음이 나올 만한 이야기였는지 몰라도 지금은 가장 정확한 분석이라는 생각이 들기도 한다. 증식을 할 수 있는 것을 봐선 무생물이 아닌 생물이라는 것만이 확실했다. 어떤 의미로든 거대한 무언가가 나타났는데 종도 알 수 없는 녀석이 돌아다니면서 지구를, 지구의 생물들을 공격한다는 것이 중요했다. 다만 맞서 싸워서 살아 있는 자들이 더 살아남을 수 있도록 노력해야 하는 것밖에, 그것이 오늘의 전부였다. 나의 전부였다.

이제 풀은 움직임도 있고, 외관의 변형도 잦았고, 번식도 했다. 수는 급격히 늘었다가 하룻밤 사이에 하나로 뭉쳐 있기도 했다. 이제는 어느 정도의 패턴을 파악했다. 적어도 한국 상공에 있는 풀의 경우, 공격의 전조를 읽을 수 있어서 그때마다 우리가 출동 준비를 할 수 있었다. 하지만 매번 풀의 공격을 잘 막아 낼 수 있을지는 미지수였다. 운명이라는 말이 제일 어색했지만 가장 적합했다. 우리는 각자의 로봇에 오르면서 운명을 생각하지 않았지만, 본부에 남아 있는 사람들은 우리에게 세계의 운명을 맡기는 셈이었다.

엄마는 '1차 위기' 때 아빠가 행방불명된 이후로 프로그래밍을 배워 케이코에 들어왔다. 오빠는 이미 케이코에서 코드 해독가로 활동하면서 안느와 함께 아테네의 방어막 코드를 강화하는 데 힘을 쓰고 있었다. 엄마는 이 어이없는 10년이 시작되기 전까진 오르간을 쳤던 사람이었고, 지금은 자신이 가장 잘하는 손놀림으로 키보드를 두드린다. 그때마다 음 대신 무수한 알파벳과 숫자들이 쏟아졌다. 그사이 나의 훈련복과 전투복은 점점 작아졌다.

'3차 위기' 때 완전히 손상된 마하는 다시는 일어나지 못했다. 함께 전투에 나갔던 진은 나에게 달려와서 마하와 나를 분리시켰다. 자신의 목숨과도 같다고, 너를 버리는 한이 있더라도 내 '분노의 바이브'는 버릴 수 없다고, 전투 직전마다 경고했던 진이었다. 그녀가 분노하는 적이 내가 아니라 풀이라는 것은 누구나 알고 있었다. 쉽게 흥분하고 과격한 진에게 어떤 과거가 있는지는 아무도 몰랐지만, 적어도 그녀와 함께한 모든 이가 진이 가진 분노를 알고 있었다. 늘 신체 단련실에서 몸을 만드는 건 나를 이기고, 무엇보다도 풀을 이기려는 것이다. 진은 바이브의 파일럿답게 분노했다. 그러나 최악의 순간 그녀는 로봇들이 아닌 나를 선택했다.

마하는 다른 로봇에 비해 큰 눈을 가지고 있었다. 검붉은 눈은 빛나는 광물, 아직 어디에서도 발견되지 않은 광물처럼 보였다. 인간의 코에 해당하는 부분의 내부에는 컨디셔너가 돌고 있었다. 곁에는 물고기의 아가미 같은 구멍이 세 줄 있었다. 광물 같은 눈에 비해 마하의 코는 꼭 생물 같아서 나는 그 기이한 조합이 좋았다. 머리에는 세 개의 날카로운 뿔이 있었는데, 평소에는 적의 위치를 파악하는 데 쓰였지만 비상시에는 미사일이 되어 날아가기도 했다. 그리고 얼굴 양쪽으로 푸르게 굽어 있던 관, 붉은 색인 다른 부위에 비해 푸른 액체가 흘렀던 관. 그 속을 흐르던 에너지. 마하와 나의 셀신의 결과.

하지만 20%의 잔해만 남은 마하를 끌고 들어온 현장조사관들의 표정을 보는 순간 나는 무너져 우는 수밖에 없었다. 언니가 등을 쓸어 주었다. 현장에서 마하의 조각을 최대한 긁어 온 거라고 했다. 언니는 현장조사관으로 일한 지 7년이 다 되어 갔지만 이런 처참한 광경은 처음이라고 했다. 더군다나 '마하'가 이렇게 당할 줄은 몰랐다고, 내가 살아남은 건 기적이라고 했다. 그건 위로가 아니었다.

'3차 위기'를 겪은 케이코는 적지 않은 데미지를 입었지만 이대로 멈출 수는 없었다. 오히려 수비를 강화해야 할 때가 아니냐는 의견이 한데 모아졌다. 안느를 필두로 80m 높이의 작은 수비형 로봇이 만들어졌다. 그리고 파일럿은 안느가 하기로 했다. 동작의 민첩성보다는 프로그래밍으로 작동될 로봇이라고 했다. 수비형 로봇의 이름은 '독기의 네몬'이 되었고, 안느는 자신이 설계한 것이니 셀신도 괜찮을 것이라고 했다. 안느는 통제실보다 진과 함께 신체 단련실로 가는 날이 많아졌다.

신체 단련실에 가니 이미 진과 안느가 운동을 하고 있었다. 안느는 더 이상 머리로는 할 일이 없다는 말을 했었다. 내 머리는 완벽해. 몸을 가꾸는 게 우선이야. 그건 맞는 말이었다. 그러나 진은 이미 완벽한 몸을 가지고 있는데도, 언제나 긴장을 놓지 않았다. 뒤처지지 않으려고 하는 걸 알고 있었다. 하지만 나는 몸을 만드는 일보다 마음에 더 신경을 썼고, 진은 나의 등장에 웬일이냐는 표정을 지었다. 눈짓으로 호흡 측정기를 가리켰다. 호흡기를 차고 달리기를 시작했다. 마하가 떠올랐다. 이건 다 해안이 녀석 때문이다. 마하를 잊으려고 노력해 왔는데, 해안이 마하를 떠올리게 했고, 마하보다 페아가 날

덜 사랑한다는 사실을 떠올리게 했다. 무작정 달렸다. 심박수가 거칠게 치솟았고, 머리가 어지럽고 몸이 뜨거웠지만 멈추지 않았다. 진이 팔을 낚아채고 장치를 내동댕이쳤다.

– 미쳤어? 전투에서 뒤지는 걸로는 충분하지 않나 보지?

진은 진심으로 화가 나 있었다. 나는 거울에 비친 벌건 얼굴을 들여다보았다.

– 마하가 그리워.

– 마하는 없어.

– 페아가 날 받아들이지 않는 것 같아.

– 개 같은 소리하네. 넌 며칠 전에도 페아에 올라서 풀이랑 싸웠어. 재수 없지만 언제나처럼 네가 넘버원으로 지목됐다고.

– 페아, 페아를 계속 타도 되는 걸까.

– 진짜 재수 없다, 너.

진이 운동복을 벗어 던졌다. 진은 그대로 신체 단련실에서 나갔다. 안느는 진의 운동복을 주워 들고 내게 다가왔다. 에너지 음료를 건네고 등을 차분히 쓸어 주었다. 마음의 문제, 정신의 문제 그런 건 애초에 내가 믿는 것이었다. 하지만 그건 마하에게만 해당되는 게 아니었을까. 이제 와서 그런 생각이 드는 건 해안 때문만은 아닐지도 모른다. 안느는 다 안다는 눈빛으로 오랫동안 등을 쓸어 주었다. 호흡 측정은 됐으니까 가벼운 근육 운동만 하고 가라고 했다. 자신이 옆에 있겠다고 했다. 네몬이 페아를 지키듯이, 자기가 나를 지킨다고 했다. 그리고 한마디를 덧붙였다. "네가 페아를 지켜야 해."

그때 해안이 단련실에 들어왔다. 안느가 아무 일도 없었다는 듯이 해안에게 말을 걸었다.

– 두 사람 좀 친해졌어?

– 수주 언니 완전 로봇이에요.

호흡을 가다듬는 일이 어려웠다. 그게 과한 달리기 때문인지, 페아 때문인지, 산산조각 나서 사라져 버린 마하 때문인지, 안느가 옆에 있어 주지 않아서인지, 아니면…… 아니면 해안의 등장 때문인지 모르겠다.

– 해안이가 더 애교 있게 굴면 혹시 알아? 네가 더 잘해 봐. 수주 원래 그래.

– 나빴어요.

– 야, 수주한테 그런 말 하는 애 네가 처음이다. 푸하하. 얘 진짜 재밌는 애네.

안느와 해안이 하는 대화가 간헐적으로 들려왔다. 둘의 말이 파도처럼 들려왔다 나갔다. 해안이 다섯 번째 파일럿으로 확정되었기 때문에 안느는 우리가 그녀를 받아들여야 한다고 설득했다. 마주칠 때마다 안느는 해안의 이름을 꺼냈다. 나도 충분히 신경이 쓰이는데 자꾸 건드리니까 억울하게 느껴질 때도 있었다.

안느와 대화를 하던 해안은 내 상태를 보고 놀란 표정을 지었다. 차마 다가오지는 못했지만 호흡 측정기 앞으로 가서 달리면서도 거울 너머로 나를 보고 있다는 게 느껴졌다. 10분 뒤 측정기에서 내려와서 근력 단련 기계에 앉은 해안이 입을 움직였다. 마주 보고 있는 나를 향해 무언가를 말하려는 것 같았지만 들리지 않았다. 그 사이 안느는 긴급 연락을 받고 사라져 있었다. 근력 운동에 집중했다. 팔을 더 밀면서, 호흡을, 호흡을, 팔을 바깥으로 밀고, 내리면서 후, 숨을 뱉고, 호흡을, 호흡을…… 그러자 고막에 길이 뚫리는 듯한 느낌이 들었다. 그리고 해안의 목소리가 들렸다.

– 훈련 같이 열심히 해요.

거친 훈련이 이어지던 어느 날, 우리 네 사람은 회의실에 불려 갔다. 한국 항공에 떠 있는 풀의 움직임이 심상치 않다고 했다. 한동안 조용하다 싶더니만 또다시 증식의 전조가 보인다고. 그래서 상부에서는 새로 개발한 무기를 장착하기로 결정했고, 시범 가동을 하기 위해 파일럿들을 불렀다. 파일럿들은 각자의 로봇에 탑승해서 무기 사용법을 익히는 훈련을 하게 되었다. 며칠 안에 끝내야 하므로 우리는 체력이든 정신력이든 무엇으로든 이 시간을 악착같이 버텨 내야 한다. 앞으로 길게는 보름, 짧게는 며칠 안에도 일어날 수 있는 일이다. 출산의 순간이 언제일지는 알 수 없었다. 증식 전에는 아무리 공격해도 증식 자체를 막을 수는 없으므로 새끼들이 태어나는 순간을 노려야 한다. 새끼들이 성장할 수 없도록 파괴하고, 풀이 다시 증식하는 데까지 시간을 늘리기 위해 알집을 파괴해야 한다.

무기 훈련은 공격력 강화 훈련이므로 사실상 진과 나만의 훈련이었다. 둘의 전투력을 강화해야 풀의 새끼들을 죽이고, 알집을 완전히 찢을 수 있기 때문이다. 사실 우리가 풀을 찢어 놓을수록 풀은 단단해져 갔다. 해안은 공격형 로봇인 모리유를 배정받았으므로 우리의 훈련을 참관하게 되었다. 안느는 진과 나의 훈련을 기록하기 위해 통제실로 왔다. 우리의 동향을 익히고 작전을 짤 것이었다. 동시에 네몬을 어떻게 업그레이드할 것인지 프로그래머로서의 고민도 해야 했다. 그렇게 네 명의 파일럿들이 한자리에 모였다.

진과 나는 평소보다 강도 높은 훈련을 진행했다. 진은 언제나처럼 잘 버텼지만 나는 중간중간 집중력을 잃고, 심지어

가상 훈련 중에 무기를 놓치고 말았다. 하지만 쉽게 그만둘 수 없는 일이었다. 통제실에서 예상한 시간을 넘겼지만 우리는 로봇에서 내릴 생각이 없었다. 이번엔 나도 내릴 수가 없었다. 페어를 제대로 다루고 싶었다.

통제실에서 정도가 넘었다며 강제로 로봇의 전원을 끊었다. 몸의 열을 식히는 냉기가 들어왔다. 우리는 진정제에 취한 채로 로봇에서 빠져나왔다. 새로운 무기가 손에 익을 때쯤이었는데 왜 꺼냈냐며, 진은 버럭버럭 소리를 질렀다. 나는 거친 숨을 툭툭 내뱉었다. 하지만 팀에게 궁금한 것이 있어 통제실로 뛰어 들어갔다. 모리유, 위대한 모리유.

– 모리유에게도 무기가 지급될 예정입니까?

나의 질문에 모두가 놀란 표정으로 고개를 돌렸다.

– 모리유도 곧 참전해야 하지 않습니까? 무기는 있는 거예요?

– 모리유 전용의 무기도 미리 만들어 놓긴 했어. 하지만······.

– 그럼 일단 탑승 횟수부터 늘리죠.

– 아직.

– 지금 같은 상황에 '아직'이라는 단어는 안일한 말 같은데요.

– 모리유도 그렇지만 해안이가 아직 준비가 안 된 건 사실

이잖아.

 - 그러니까 준비를 시켜야죠. 바로 무기부터 잡으라고 말하는 거 아니에요. 그냥…… 그냥 답답해서요. 우리도 수가 모자라고, 해안이 재도 본인이 타고 싶어 안달이 났는데, 왜 훈련을 이 정도밖에 안 해요?

 해안이 나에게 다가와서 내 한쪽 팔을 잡고 흔들었다. 뿌리치며 다시 말했다.

 - 나랑 진은 뭘 안다고 로봇에 태웠어요? 그때 우린 열다섯이었어요. 게다가 바이브는 완성체도 아니었어요. 진은 그런 상태에서도 다 해냈고요.

 통제실 사람들은 더 이상 말이 없었다. 지휘관도 대답을 하지 않았다.

 - 모리유가 그렇게 대단한 거라면서요. 그럼 해안이를 태워요. 어떻게 될지 지켜보자고요.

 나는 다시 훈련실로 들어갔다. 그러고는 페아를 쓰다듬었다. 마음의 문제라고 생각해. 잘 부탁해. 나는 너랑 계속 전투에 나가야 해. 너랑 하나가 되어야 죽든 살든 할 수 있어. 널 살리든 날 죽이든 어느 쪽이든 선택할 수 있어야 아름다운 거야. 막상 그런 일이 닥치면 네가 나 좀 살려 줘, 라고 말해 버릴지도 모르지만.

- 제가 해안이 훈련에 동참할게요. 바이브는 4번 라인으로 옮겨 주세요. 1번 라인에는 페어, 2번 라인에 모리유 배치해 주세요. 무기는 제거입니다. 해안이와 저, 그리고 두 로봇은 기본 상태에서 기초 훈련 1번부터 30번까지 쉬지 않고 갑니다. 해안아, 모리유와 너는 하나가 돼. 그것부터 연습하는 거야.

훈련실에 들어가기 전에 탈의실에 들어갔다. 나는 앞선 훈련으로 젖어 버린 훈련복을 벗고 새 옷으로 갈아입기 위해서, 해안은 운동복에서 훈련복으로 갈아입기 위해서였다. 옷을 벗다가 해안이 문득 나를 돌아다 봤다. 그러고는 놀란 표정으로 "언니 타투 진짜 많네요?" 하고 물었다.

- 왜 했어요? 그림 좋아해서요?

대답을 해야 하나 고민이 되었다. 신파 같은 이야기였다.

- 내가 누군지 모르겠어서.

- 내가 누군지 모르겠다는 건 무슨 뜻?

대답을 하지 않고 먼저 훈련실로 들어섰다. 뒤에서 황급히 옷을 마저 갈아입는 소리가 들렸다. 마음속에서 묘한 일렁임이 있었다. 지금 이 기분을, 이번 전투에서도 살아 돌아온다면 몸에 새겨야 할지도 모르겠다는 생각을 했다.

공격 자세 1번에서 30번까지, 열다섯 살의 기억을 더듬어서 집중했다. 앞선 훈련보다 고되다는 생각이 들었다. 그건 역시 마음의 문제일까, 해안이 옆에 있어서 일까. 그래서 집중력을 놓치는 순간이 많았다. 적어도 막내 앞에서 넘버원 파일럿이 기초 훈련 따위에서 실수하고 싶지는 않았다. 마음 같아서는 50번까지 해내고 싶었지만 그것은 해안에게도 나에게도 무리일 것 같았다. 내일, 내일도 시간을 줘. 풀, 제발 아직은 아니야. 모리유에게, 해안에게 시간을 줘야 해. 이제 30번이거든, 겨우.

훈련이 끝나고 소독약과 진정제에 취해서 거의 기어 나오다시피 한 나와 달리 해안은 생각보다 멀쩡했다. 다시 탈의실과 샤워실에 가서 마무리를 하고 복도로 나왔다.

- 내가 누군지 모르겠다는 건 무슨 뜻이에요?

나란히 서서 걸어가던 해안이 말을 걸었다. 넌 참 궁금한 것도 많다. 궁금한 걸 참지 못하고 바로 묻는 것도 신기하다. 그럴 수 있는 네가 부럽다. 그러면 내가 다시 작아진다. 그래서 너와 있는 게 자꾸 껄끄럽고 불편하다. 그래, 나는 해안이 불편했다. 그런데도 계속 해안과 있게 되는 것이 이상했다. 이런 게 운명이라면 놓아 버리고 싶었다.

정말 모르겠다. 내가 누군지 모르겠다는 말을 하는 것조차 무의미하다. 나는 로봇이 되어 가는 걸지도 모른다. 늘 로봇과 함께하고 있고, 로봇과 셀신을 맞추는 데 목숨을 걸고 있으니까. 그랬다. 나는 정말 그 일에 '목숨 걸 듯' 몰두하고 있었다. 계속 로봇에 타고, 셀신을 맞추고, 전투를 하고, 피를 보고, 거기에 익숙해져야 살아남을 수 있고…… 그렇게 5년이 흘렀다. 내 곁에는 진과 안느, 그리고 몇몇의 케이코 사람이 전부다. 그들도 사람들을 지킨다는 사명으로 여기에 있었지만 자신이 사람으로 인지되는지 궁금해했다. 사람답게 살고 있는 사람은 없었다. 나는 사람인 걸까?

해안이 계속 슬리퍼를 끌며 따라오듯 걸었다. 녀석은 언제나 나의 꽁무니를 쫓으며 전투에 나가려고 한다. 왜 전투에 나가려고 하는 건지, 왜 그렇게 밝은 건지, 왜 그렇게 사람 같은 건지, 단순히 시간의 문제인 건지, 내가 사람으로 보이는지, 내 쪽이야말로 물을 것이 많았다.

– 바늘이 살을 콕콕 찌르는 게 더 중요해. 살아 있다는 느낌이 들어서 하는 것 같네. 그림이 좋아서가 아니라. 너한테 별말을 다한다.

– 뭐…… 언니답다는 생각이 들기도 하고, 그게 슬프기도 하고…….

– 내가 뭐.

해안은 말을 주저하는 것처럼 보였다. 내가 해안의 옆얼굴을 보았을 때 그녀는 눈을 내리깔고 슬리퍼를 보고 있는 것 같았다. 시선 끝에 담긴 것보다 마음속에 굴러다니는 말이 중요했다.

– 나는 길에서 살 때 내가 아무것도 아니라는 생각을 했는데, 여기 와서 뭐가 된 것 같았어요. 그래서 좋았어요. 훈련소 애들이 질투하기도 했지만 그거야 당연한 거고. 그냥 뭔가…… 의미 있는 일을 한다는 것도 좋고. 그게 내가 인간이라서 할 수 있는 일을 하고 있는 거잖아요. 게다가 언니들도 있고.

잠시 말을 쉬더니 나를 바라보았다.

– 여기, 수주 언니도 있고. 난 언니처럼 되고 싶었는데.

이런 말을 참 아무렇지 않게 한다. 나는 마음이 쿵 떨어지고 말았다. 샤워실에서 해안이가 했던 말을 다시 생각해 봤다. 저는 그냥 좋아요. 좋아하는 거 열심히 좋아하다 죽어도 억울하잖아요. 언제 어디서 누가 갑자기 죽어도 이상하지 않은 시대잖아요. 좋아하는 것에, 열심히 좋아하는 것에 집중하기도 바빠요.

훈련실에서 내가 리드한 해안과의 훈련이 지휘관의 마음에 든 모양이었다. 갑자기 숙소에 찾아와서 해안과 함께 지내라고 했다. 나도 모르게 그러겠다고 했다. 함께 훈련을 하기로 한 후로 별생각을 하지 않으려고 했다. 하지만 간단히 짐을 싸 들고 온 지휘관 뒤의 해안을 발견하는 순간 사고가 딱 멈춰 버렸다. 지휘관은 해안에게도 이 일에 대해서 아무렇지 않게 명령한 모양이었다. 해안은 쭈뼛거리며 문 근처에 서 있었다.

- 앞으로 수주가 하는 모든 걸 따라 해. 모두 배워. 그게 네가 성장하는 제일 빠른 방법인 것 같다. 풀은 예측할 수 없어. 속도도 방향도. 그건 너희 둘 다 잘 알지.

- 네.

- 빠르면 빠를수록 좋으니까.

해안이 짐을 들고 더 안쪽으로 들어왔다. 침대와 몇 가지 짐이 더 들어올 예정이라고 했다. 일단은 해안 쪽으로 의자 하나를 밀어 줬다.

- 속성 과정이 필요했는데, 수주 네가 먼저 나서 줄 줄은 몰랐다.

- 네?

- 너는 너만으로도 버거운 애니까.

지휘관의 말이 별로 마음에 들지 않았다. 내가 너무 나약해지는 것 같아서, 무엇보다도 해안이 옆에 있는데 그런 말을 듣게 되었다는 것이 짜증났다. 자꾸 해안이 신경 쓰였다. 고개를 푹 숙여 버렸다. 하지만 이어지는 말이 더 거지 같았다.

– 해안이는 수주 먹는 거나 운동하는 것 좀 체크해서 매일 보고해. 셀신의 문제는 몸 상태에도 영향받는다는 거 모를 리도 없고. 수주야, 너 요즘 왜 그러냐? 애처럼. 트라우마의 문제라고 해도 말이다. 지금도 전시 상황이야. 잠깐이라도 정신 놓으면 끝이라고.

해안이 짐을 거칠게 내려놓으며 말을 끊었다.

– 보고라니, 말씀이 영 그런데 일단은 알겠습니다. 저는 짐을 정리해야 할 것 같습니다.

지휘관이 조금 당황한 듯한 기색으로 방에서 나갔다. 그제야 앞으로 둘이 지내야 한다는 것이 어색하고 걱정되었다. 미묘한 공기가 흐르고 있었다. 해안은 아무 일도 없었다는 듯이 짐을 풀었다. 가구가 곧 옮겨질 테니 그때까지만 방 한쪽에 짐을 풀어 두겠다고 했다. 피하고 싶어졌다. 그러라고 대답하고 신체 단련실로 향했다.

신체 단련실에 가니 늘 그렇듯 안느가 근력 운동을 하고 있었다. 옷이 땀에 제법 젖어 있는 걸 보니 꽤 긴 시간 달린 듯 보였다. 안느와 나는 그 대단한 로봇도 만드는 시대에, 몸 만들어 주는 주사 하나 만들지 못하는 것이 이상하다는 둥 가벼운 농담을 주고받았다.

─ 그런데 너 요즘 운동하러 자주 온다? 아니면 막내가 무슨 자극이라도 줬어?

─ 해안이가 내 방에서 같이 지내게 됐어.

─ 그래서 여기로 도망 온 거야?

─ 아니, 그건 아니고.

안느와 대화를 하다가 문득 문 쪽을 보니 문밖에 진이 서 있었다. 언짢은 표정으로 들어오지 못하는 것처럼 보였다. 매일 틱틱거려도 친구에게 질투가 많은 진이라는 것은 알고 있었다. 그러니 내가 안느와 웃으며 대화를 하는 모습을 봤다면, 우리 둘에게 질투하고 있는 것이다. 내가 해안과 방을 같이 쓴다는 사실을 알게 된다면 상황이 더 나빠질지도 모른다. 5년 전 첫 파일럿으로 뽑혀 들어왔을 때 같이 힘든 시기를 보낸 건 우리 둘뿐이었으니까. 나는 어설프게나마 진의 마음을 이해하고 있었다. 다만 그 이해하는 마음을 전하지 못하고 있었을 뿐이다.

허벅지 운동기계에 앉은 안느가 잠시 한숨을 쉬더니 갑자기 내게 말했다.

─ 수주야, 너는 네 자신을 잃어버리기 좋은 사람이야. 어떤 로봇이든 잘 맞는다는 거 말이야. 파일럿으로는 좋은 일인데,

그건 정말 인간을 도구로만 볼 때의 이야기고. 난 네가 네 자신부터 찾았으면 좋겠어. 너 정말…… 로봇이 되어 가는 것 같아.

샤워를 하고 숙소로 돌아왔을 때 굳은 표정의 해안이 침대에 누워 있었다. 해안의 침대와 책상과 두세 가지의 작은 가구가 옮겨져 있었다.

- 언니는 아직도 마하를 생각해요?

- 뭐?

- 사람을 생각해야 되지 않아요? 그리고 먼저 언니를 생각해야 하고.

- 너 어디서 무슨 얘길 주워듣고 와서 이러는지 모르겠는데. 할 말 못 할 말 가려서 해.

- 언니는 왜 전투를 해요? 케이코에는 왜 있는 건데요?

- 처음부터 오고 싶어서 온 거 아니었어.

- 애초에 케이코가 설립된 것부터가 모순이에요. 오고 싶을 수가 없는 곳이잖아요. 갑자기 거대 적이 생기고…….

- 그만해.

- 언니, 지금은 왜 로봇을 타요?

- 탈 사람이 없으니까.

- 만약 다른 파일럿이 탈 수 있게 된다면…… 그렇게 된다

면 케이코를 나가서 평범하게 살래요?

나는 한 번도 케이코를 나간 이후의 삶을 상상해 본 적이 없다. 파일럿이 아닌 생활을 생각해 보지 않았다는 것을 깨달았다. 처음 로봇에 올랐을 때도 그랬었나 기억을 더듬어 봐도, 나는 이제 더 이상 기억하지 못한다. 처음 마하에 올랐을 때의 기억조차 희미하다. 그저 너무 커다란 로봇이라서 깜짝 놀랐던 어린 아이의 눈. 그리고 너무나 아름다웠던 마하의 눈만 기억할 뿐이다. 오히려 마하의 마지막 모습이 계속 되감기 된다.

- 언니, 케이코 바깥의 세상은 잊은 거죠?

- 그러게. 그렇게 되었네.

- 미안해요. 어, 그러니까…… 내가 몰아붙인 것 같아서 미안해요.

- 응. 생각해 본 적 없어, 아주 오랫동안. 그렇게 내 10대가 끝났어.

- 수주 언니.

- 너는 그렇게 10대를 허비하지 마. 너무 빨리 20대가 되지 말란 얘기야.

해안과 생활을 함께하는 동안 해안의 밝음은 이 시간을 버텨 내려는 것이 아니라, 정말로 살아 있음을 즐기려고 한다는 것을 알았다. 하지만 나는 이 아이를 모리유에 태우기 위해서 함께하고 있다는 사실 또한 알아야 했다. 해안을 모리유에 태우고, 나는 페어에 들어가서 같은 동작을 연습하고, 모의 전투를 했다. 진 또한 우리가 함께했던 작업들을 보여 주었다. 어느새 진의 바이브도 모리유의 움직임을 따라 받쳐 주고 있었다. 안느는 네몬의 프로그램을 업그레이드하고, 네몬의 근력과 자신의 근력을 함께 키우고 있었다. 관측실에서는 풀의 출산이 얼마 남지 않았다고 보고했다.

사령관이 지시를 내려야 할 때였다. 이제 겨우 보름쯤 지났다. 해안이 모리유에 익숙해졌는지, 내가 해안에게 익숙해졌는지도 알 수 없는 아주 짧은 시간이었다. 하지만 풀에게는 충분한 시간이었을지도 모르겠다.

- 넘버원은 해안의 모리유, 넘버투는 진의 바이브로 한다. 백업은 언제나처럼 안느의 네몬이. 수주는 비상시를 대비해서 모든 로봇에 호환할 수 있도록 준비한다.

모두가 사령관의 말에 놀랐다. 해안도 복잡한 표정을 지었지만 놀란 것처럼 보이지는 않았다. 가장 놀란 것은 나였을지도 모른다. 하지만 나도 말을 하지는 않았다. 가슴께가 뭉근하게 아파 왔다. 안느는 당장이라도 달려 나가서 한 소리를 할 기세였고, 진은 당황해서 나를 바라보고만 있었다. 오히려 진이 당장에라도 눈물을 쏟을 것 같았다. 나는 다시 훈련실로 향했다.

ー수주는 로봇 점검 확실히 해 주고, 네가 제일 잘 아니까 로봇들에 한 번씩 탑승해서 셀신 수치를 재 줘. 그리고 최악의 상황을 대비해서 모리유의 비상용으로 페아를 대기시킨다.

로봇 점검을 하러 훈련실로 들어가려던 건 아니었다. 하지만 사령관이 그렇다면 그런 것이다. 훈련실에서 내 몸으로 점검된 로봇들이 하나씩 발진대로 옮겨졌다. 이제 곧 시작될 일들에는 누구에게도 책임이 없다. 하지만 결국 로봇을 움직이고 있는 파일럿들이 제몫을 했는지를 따지게 될 것이다. 파일럿들은 언제나 제자리에 있어야 했다. 제자리에서 대기 중인 상태로, 발진대에 세워진 로봇들처럼.

이번에는 사령관이나 지휘관이 아니라 내가 지휘하는 작전이 될 것이라고 했다. 우리는 마지막으로 가상 풀을 만들어 모의 전투를 하고 각자의 숙소로 돌아갔다. 숙소로 가는 복도에서 우리는 어떤 말도 할 수 없었다. 어떤 말도 상황을 바꿀 수 없었다.

방에 들어와서 해안은 털썩 침대에 누워 버리곤 아무 말도 하지 않았다. 마치 이 모든 상황을 알고 있었던 사람처럼 차분해 보이기까지 해서 화가 났다.

- 너 처음부터 알았던 거지?

- 뭘요?

- 처음부터 네가 모리유를 타고, 최악의 상황에 이용될 거라는 거.

- 에이, 이게 무슨 최악의 상황이에요. 언니도 몇 번 해 봤잖아요. 알 까기! 알집 깨기!

- 우리가 평소에 하는 전투보다 어려운 게 새끼 죽이고 알집 파괴하는 거야. 그런데 너 같은 초짜가 이런 상황에 첫 출전을 나간다는 게 이상하다고 생각하지 않아?

- 사령관님은 내가 해야 한다고 했을 뿐이에요. 저를 인정하는 걸지도 몰라요.

- 인정은 무슨. 이용이겠지.

- 언니가 말한 것처럼 로봇이랑 하나가 된 걸지도 몰라요. 나 처음 모리유에 탑승했을 때가 떠올랐어요. 그 말도 안 되는 첫 셀신 수치를 떠올렸어요. 나 마음 쓰는 거 엄청 노력했단 말이에요.

- 네가 마음을 쓰면 뭐 해. 다 박살 나면! 그러다 죽으면 끝인데!

- 제일 마음 쓰는 사람이 나한테 마음 써 주니까 좋네. 저 엄청난 놈일지도 모른다고요. 정말로요.

해안을 더 이상 보지 않으려고 했다. 감정적인 대화가 이어지는 건 해안의 마음 때문일까, 나의 마음 때문일까. 더 이상 '마음'이란 단어에 집착하고 싶지 않았다.

아침에 일어나자마자 창문을 열고 환기를 시켰다. 작은 로봇 청소기를 돌리고 앉아서 소리를 듣고 있었다. 공기와 바람의 소리, 알 수 없는 불안의 고요.

- 저…… 일어나자마자 물어봐서 미안한데.

어느새 해안이 일어나 있었다.

- 언니, 저건 뭐예요? 계속 궁금했어요.

해안이 가리킨 것은 검붉은 색의 돌 같은 덩어리다. 아주 빛나는 것, 마하의 눈. 한쪽 눈은 잔해들 속에서 겨우 찾아올 수 있었다. 사령관의 양해를 구해 내 방으로 가져왔다. 매일 마하의 눈을 만지며 살아남았다.

- 엄청 좋은 거. 대단한 거.

- 그럼 나 저거 한번 만져 봐도 돼요? 사실 저 떨려서 잘 못 잤어요.

평소 같았으면 누구에게도 허락하지 않았을 일이지만 오늘 낮에라도 당장 풀을 마주해야 될지도 모르는 저 소녀를 위해서라면 무엇이든 할 수 있을 것 같았다. 어떤 운이라도,

어떤 운명이라도 불어넣어 줘, 마하.

– 만져. 이거라도 만지고 나가야 버틴다. 모의 전투는 정말 모의일 뿐이야.

해안이 손을 뻗어 마하의 눈을 만졌다. 하얀 손과 반짝이는 검붉은 눈.

– 언니 목소리만 잘 듣고 움직일게요.

– 언제는 모리유의 마음을 잘 알아서 괜찮다더니. 마음을 잘 써.

– 그것보다 언니 목소리가 더 중요한 것 같아서요.

– 서로 거리 조절 잘해. 정작 진짜 작업하기도 전에 로봇끼리 엉켜서 나자빠지는 꼴 절대 못 봐. 그땐 가차 없이 내가 나가.

날짜는 내일 저녁으로 잡혔다. 우리 쪽 레이더에 잡힌 대로라면 내일 저녁이 '그날'이 될 것이라고 했다. 내일이면 어린 해안과 흠집 하나 없는 모리유가 출격할 것이고, 다 낡은 나와 페아는 최악의 상황을 대비할 것이다. 나는 최악의 최악을 생각해 보았다.

그땐 내가 페아를 타는 때라고 생각한다.

페아의 초록색 눈을 만지며 마하의 눈을 떠올렸다. 제발 우리는 나가지 말자. 아이들이 집으로 돌아오게 목소리를 크게 내자.

　모리유가 바닷가를 보며 서 있다. 해안이 모리유에서 나오지 않는다. 해안에게 내선 통신망으로 뭘 하는 거냐고 묻자 느닷없이 "좋아해요." 말해 버린다. "맘껏 좋아할 수 있어서 살맛 나요. 케이코에 오길 잘했어요. 길거리보다 훨씬 낫네요, 뭐." 거침이 없다. "넌 참 특이해." 가슴이 울렁거린다는 느낌이 들었다. 그것은 사람만이 느낄 수 있는 감정. "언니, 좋아해요." 말없이 우리는, 각자의 위치에서 오랫동안 바다를 보고 서 있었다. 사실은 나도 안다. 그러니까 너도 알고 있을 것이다. 우리는 누군가에 의해 선택받은 아이들일 뿐이라는 걸. 대신해서 죽는 일을 제일 잘할 수 있는 사람들이라는 걸. 하지만 이번만큼은 죽음을 생각하지 않는다.

　해안이 모리유를 움직여 모리유의 손바닥 위에 나를 감싸 올렸다. "나도. 그러니까 죽지 말고, 다 터뜨려 버려." 해안이 웃음과 함께 대답한다. "언니가 페어에 오르는 일은 없게 할게요. 이번엔 내가 넘버원이에요."

　여기 바다가 있다. 아직 바다가 있다. 우리들은 바다를 보고 있었다.

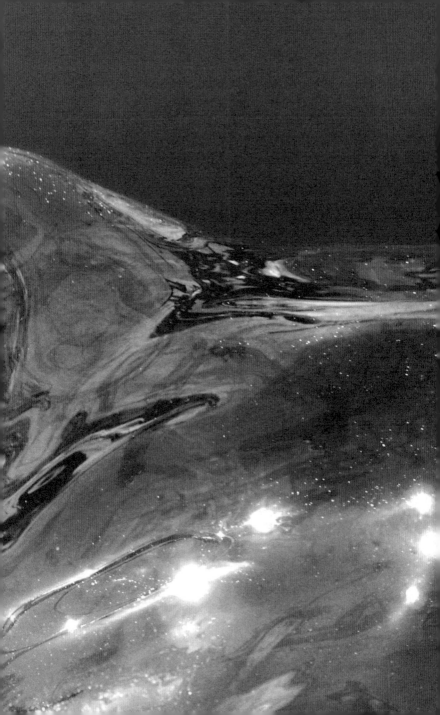

재생되는 소녀

"애인이 집을 나갔어요. 찾아야 할까요?"

드림플레이어를 풀어 주던 간호조무사가 멈칫하는 것이 느껴졌다. 상담사는 표정 하나 바뀌지 않고, 찾고 싶나요? 되물었다. 모르겠으니까 물어보는 거잖아요.

꿈을 자세히 기억하지 못하는 건 내겐 좋은 일이었다. 적어도 직장에 다니는 동안은 그랬다. 꿈을 꾸지 않는 방법을 알 수 없으니, 꿈을 꾸더라도 기억하지 못하는 쪽이 좋았다. 물 먹은 스펀지처럼 축축 처지거나 폭삭 젖은 신문지 꼴로 사무실을 돌아다니면 걸레가 되는 기분이었다.

직장을 그만두고 며칠간 침대와 부엌을 왔다 갔다 하는

동안 집은 동물 우리가 되어 갔다. 하루는, 내 목소리가 심상치 않은 것을 느낀 엄마가 집에 들르기도 했지만, 오히려 이제야 좀 사람 사는 집 같다며 안도의 한숨을 푹 내쉬고 떠났다. 낮잠을 자다가 일어나서 저녁을 먹고 다시 잠들고, 반복하는 사이 몸무게가 5kg 늘었다. 이 정도면 충분히 쉬었다 싶을 때쯤 의식을 잃고 쓰러졌다. 침대에서 일어나 아이스크림을 가지러 가던 길이었다. 그렇게 상담소의 문을 열게 된 것이었다.

"아버지가 안 계신다고, 그래요. 저번 만남 때 거기까지 얘기했었어요. 이 부분에 대해서 더 말하고 싶으신가요?"

"아버지는 계세요. 계시는데, 집에 안 계실 뿐이죠. 엄마를 생각하면 '방치'라는 단어가 제일 먼저 떠올라요. 방치된 엄마는 나를 방치하지 않으려고 최선을 다했어요. 아마도요."

12시 40분에 샤워를 하고, 1시 16분에 화장과 머리 정돈을 마쳤다. 그리고 1시 20분에 집을 나섰다. 정확히 알람에 맞춰 움직여야 그나마 사는 것 같았다. 빈집, 갑자기 엄마의 집이 떠올랐다. 상담이 끝나면 엄마 집에 가서 청소를 하자. 생각하면서 병원으로 향했다. 상담사는 지난 시간에 이어 아버지에 대한 이야기를 해 보자고 했다. 그리고 아버지에게 느끼는 감정을 솔직하게 표현함으로써 아버지 그림을 구체적으로 그려 보자고 했다. 꿈에서 단서를 찾을 수 있을지 녹화 기록도 읽어 보겠다고 했다.

하지만 상담사는 몇 분간 호흡을 가다듬는 일만 시켰다. 호흡을 가다듬을수록 심장 박동은 불규칙해지는 것 같았다. 그렇게 시작된 대화는 집을 나간 남자들에 대한 것이었다. 문득 티어가 떠올랐다. 티어는 있죠. 있는데, 더 이상 집에 없을 뿐이죠.

나는 아버지 이야기를 꺼낼 때마다 지나간 남자들에 관해 이야기해야 할 것만 같았다. 지나간 남자들은 언제나 엄마 같은 나를 좋아했다. 어쩌면 하녀 같은 걸 상상했는지도 모르고. 물론 몇몇은 시키지 않아도 움직이는 로봇을 보고 있는 것처럼 신기해하기도 했다.

"아버지가 안 계시죠. 계시는데 안 계시는 거예요. 아주 예전에 집을 나갔거든요."

"모나 씨는 집을 나간 아버지에 대해 어떻게 느끼나요? 감정이 어떤지 설명해 줄 수 있나요?"

"몰라요. 별생각 없어요. 너무 오래되기도 했고…… 아, 애인이 집을 나갔어요. 어제까지 있었는데 오늘부터는 없는 거예요. 집을 나간 애인에게도 무언가를 느껴야 하는 거죠?"

"음…… 저에게 설명하고 싶은 감정이 있나요?"

"아뇨. 아직은 잘 모르겠어요. 병원에 오기 전에, 샤워실에 들어가면서야 알았거든요. 탁자에 쪽지가 있었어요. 미안하다고."

"미안하다는 말뿐이었나요? 헤어지자는 말은 없었어요?"

"네."

"왜 미안하다고 했을까요?"

"글쎄요. 먼저 헤어지자고 해서? 아니면 미안한 게 뭐가 있을까요? 저는 일을 그만둔 지 석 달이 됐어요. 그것도 아파서. 나는 종일 그 생각만 해요."

그러니까, 쪽지 한 장이 남아 있었다. 얼마나 급했으면 보드에 쓰지도 못하고 노트 구석을 찢어 내 대충 휘갈겨 쓴 글씨였다. '미안해.' 더 이상 만날 수 없다는 말은 쓰여 있지 않았지만 나는 쪽지의 뜻을 정확하게 알아들었다. 그는 무엇을 본 것일까.

망할 그 꿈 때문일까. 더러워서 잊어버리고 싶었지만 처음 마주한 날부터 오늘까지, 잊을 만하면 다시 재생되는 그 꿈. 꿈은 점점 현실에 가까워졌고 칙칙한 날이 많아졌다. 나는 가만히 앉아 있다가도 화들짝 놀라곤 했다. 증상이 반복되자 티어는 병원에 가 보는 게 좋겠다고 했다. 하지만 지금, 땀으로 범벅된 나를 달래 주던 티어는 미안하다는 말만 남기고 사라졌다.

방치. 애완 로봇을 방치하면 에너지가 다 닳아 움직일 수 없는데, 내가 지금 딱 그 꼴이다. 방치. 엄마는 이런 일에 방치라는 단어를 자주 썼다.

아빠는 내가 아주 어릴 때부터 한두 달에 한 번 집에 오는, 조금 익숙하고 불편한 사람이었다. 아빠라고 부르는 게 어색할 정도여서 저기…… 하고 말끝을 흐리는 게 다인 사이. 때론 한두 달을 넘어 몇 달에 한 번, 엄마에게 내미는 돈 봉투로 자기 존재를 드러내는 사람이 아빠였다. 나는 그의 직업이 뭔지, 어디에 사는지도 몰랐다. 어쩌면 엄마도 모를 거라고 생각하며 굳이 알려고 하지 않았다. 엄마는 툭하면 가라앉아 폐선 같은 표정을 하고 비슷한 말들을 반복했다.

"니 아빠는 우리를 이렇게 버려두고 어디서 뭘 할는지. 혹시 아니? 다른 누굴 키우고 있을지. 애완 로봇을 키우고 있으려나. 아냐, 그 사람 성격에 얻다 써먹지도 못하는 건 키우지 않을 거야. 상관없다. 애인을 키운대도 상관없어. 그게 내 알 바니? 그치? 우리가 알 바야?"

나는 입을 다물고 있었다. 애완 로봇. 그래, 차라리 애완 로봇이었으면 해. 배터리가 다 되면 영원히 잠든 것처럼 있을 수 있잖아. 그러다 배터리를 충전하면 다시 살아날 수도 있고. 차라리 로봇이 인간보다 나을지도 모른다는 생각을 하며 자랐다. 내 10대를 돌봄받는 대가로 나는 비슷한 넋두리를 듣고, 또 들었다.

망할 인간.

망할 인간. 입 안에서 똑같이 발음해 보고 꿀꺽 삼켜 버렸던 말.

썩을 인간.

썩을 인간. 쌍시옷을 발음하면 심장이 화악 달궈지는 말.

누구에게 하는 말인지도 모르고 엄마의 말을 똑같이 반복하면서 나는 남편에 대한 기대가 사라졌던 것 같다. 여자 혼자 살아도 이상한 세상이 아니니까, 혹은 남편보다는 애인이 좋으니까, 결혼 말고 동거를 해도 법적 보호는 비슷하게 받을 수 있으니까, 손해 보는 장사는 아니잖아. 그치? 망할 인간. 썩을 인간.

집에 돌아오지 않는 아버지와 그런 아버지를 자꾸 욕하는 엄마를 떠올리면 최면에 걸린 듯 어지러워진다. 꿈과 생활이 뒤집힌 것처럼 혼란스럽다. 썩을 인간, 욕을 해 본다고 달라지는 건 없다.

티어는 미안하다는 말을 너무 쉽게 썼다. 흘려 쓴 글씨체 때문이 아니었다. 평소의 그를 떠올리면 더 용서되지 않는다. 나는 사실 그를 거의 모르고 있었는지도 모르겠다. 나는 매번 모르는 게 많아서 뒤늦게 고통받는다.

드림플레이어를 목에 차게 될 때까지 그런 식으로 살아와서 문제였던 거다. 엄마는 한 번도 내게 그런 말을 한 적이 없다. 내가 아무것도 기억 못 한다고, 내가 아무 말도 하지 않는다고 화내지 않았다. 그건 나를 아껴서일까, 아빠를 싫어해서일까. 정확히는 남편을 증오하는 거겠지. 그렇다고 나를 증오하지 않는다는 것은 아니었다.

치료를 받기 시작하면서, 나 때문에 아버지가 집을 나간 게 아닐까 하는 생각도 들었다. 하지만 상담사는 섣부른 의심으로 자괴감이나 자책감을 가질 필요는 없다고 했다. 맞는 말이었다. 나로 인해 벌어진 일이라고 해도 선택하고 결정하고 지속한 것은 엄마와 아빠였다.

차라리 기도할 곳이 있었으면 좋겠다. 물어볼 곳이 있었으면 좋겠다. 저기요. 제가 잘못한 게 뭔가요? 혹시 제가 망친 걸 되돌려 주실 수는 없나요? 잊어버리는 것과 기억해 내는 것 중에서 무엇이 더 중요한가요? 무엇이 더 날 살게 할까요? 왜 항상 결론은 사는 쪽으로 가는 걸까. 간절함 같은 것에 젖어 갈 무렵 전화벨이 울렸다.

"옆에 티어 있니?"

"아뇨. 혼자예요. 엄마는?"

"아직 집. 오늘은 몇 마리나 신고가 들어올는지. 토끼라는 기종이 새로 나온 지 한두 달 정도 됐는데 좀 말썽이다."

"그래? 나도 키워 볼까 했는데."

"뭐, 얘가 정신 빠진 소릴 하고 있어. 니가 지금 누굴 돌볼 때니?"

엄마가 예민하게 반응할 걸 예상했어야 했는데. 나도 모르게 튀어나온 말이었다. 얼마 전 티어와 마트에 갔을 때 토끼를 봤고, 알 수 없는 애틋함을 느꼈다. 그 눈동자며 기다란 귀며 짧은 다리며……. 티어에게도 슬쩍 물어봤지만 돌아온 대답은 별로였다.

"털도 꽤 빠질 것 같고…… 엄마도 싫어하시지 않아?"

순간 내가 인간이라서 다행이라는 생각이 들었다. 인간이 아니었다면 버림받았을지도 모른다. 엄마의 목소리, 앙칼지지는 않지만 가늘고 높은 톤의 목소리는 듣는 사람을 늘 불안하게 만든다.

"너 진짜 키울 생각이야?"

"아니, 귀찮아요. 그냥 한 말이었어."

"실없는 소리는 왜 해?"

"미안해요."

"유령같이 주인도 없는 집에 와서 정리해 놓고 가지 말고. 너 그럴 때마다 나 소름 끼쳐."

"돼지 우리보다는 낫잖아."

"내가 엄마냐, 니가 엄마냐? 조만간 와서 밥 먹고 가. 너 본 지 좀 됐다."

내가 만났던 남자들은 내가 깔끔한 여자라서 좋다고 했다. 무엇이든 정해진 자리에 놓고, 짝과 틈을 맞춰 정리를 하고, 쓸고 닦는, 그 부지런함과 깨끗함이 좋다 했다. 여자다워서가 아니라 보기 좋아서라고 다들 손사레를 치며 강조했다. 하지만 나는 알고 있었다. 그들은 내가 엄마 같아서 좋았던 것이다. 티어도 그랬을 것이다.

가끔 엄마 집에 무작정 찾아가면 옷이 여기저기 널려 있고 설거지 그릇이 쌓여 있었다. 그때마다 그저 내가 안달이 나서 집을 치워 놓곤 했는데, 엄마는 고맙다는 인사 대신 네가 엄마냐? 하고 쓴소리를 했다. 누가 누굴 돌보는 건지 모르겠다고. 엄마는 돌봄받는 것에 익숙하지 않아서 깨끗한 집을 보면 기괴한 느낌마저 든다고.

"하지만 그런 엄마 손에서 자랐기 때문에 나는 이렇게 깨끗할 수도 있는 거잖아."

말하고 싶었다.

엄마는 아빠에게서 버려졌다고 믿지 않았다. 그렇다고 해서 슬퍼 보이거나 무너질 것처럼 보이지는 않았다. 나도 그렇게 생각하니까 자주 말해 주지 않아도 돼. 내가 어떤 말을 해도 사람은 버려지는 게 아니라는 엄마의 말버릇은 고쳐지지 않았다. 사람은 버려지는 게 아니야. 사람은 누군가가 버릴 수 있는 게 아니야. 그래, 오히려 방치되었다는 말이 어울리는 사람이다.

그래서였는지 엄마는 애완 로봇을 만드는 회사에서 클레임을 처리하는 일을 했다. 원래는 평범한 기계 관리자였던 걸로 기억한다. 하지만 엄마는 아빠와 헤어졌을 무렵 부서를 옮겼다. 버려지지 않아도 될 아이들을 구하는 일을 하면서 자신을 구하려고 하는 듯했다.

버려지지 않았어. 버려지지 않았어……. 그러면서 엄마는 정작 스스로를 방치했다. 늘어져 있는 옷가지며 쌓여 있는 먼지며……. 로봇이었다면 진즉에 움직일 수 없을 상태로 살았다.

[5시 30분입니다. 샤워실에 들어갈 시간입니다. 저녁 식사는 6시입니다.]

알람이 울렸다. 불면증과 과수면의 반복으로 직장을 그만둔 지도 석 달이 다 되어 간다. 직장에서 큰 사고를 치거나 대놓고 잠든 적은 없었지만, 하루하루가 불안했다. 아슬아슬한 낮이 지나고 나면 아주 긴 밤만 남았다. 눈이 번쩍 떠지고 손은 벌벌 떨렸다. 이러다 직장에서 큰일을 치를까 두려워 낮엔 심장이 벌렁거렸다. 심장에 이상한 통증까지 느껴지기 시작했을 때 상사가 말을 건넸다.

"모나 씨, 집에서 좀 쉬는 게 어때?"

나는 병을 들킨 것 같았다. 나는 나만 모르는 실수를 반복하고 있었던 게 아닐까. 그래서 모두 다 내 상태를 알고 있는데, 나만 열심히 연기를 하고 있는 게 아닐까. '집에서 좀 쉬는 게 어때?' 한마디 뒤에 붙어 있는 무성한 소문들이 투견처럼 달려드는 것 같았다. 그래서 길게 고민할 필요도 없었다. 같이 일하던 혜인은 불같이 화를 내며 당장이라도 상사의 방에 쳐들어갈 기세였다.

"그게 뭐야. 지금 멀쩡한 사람 병신 만드는 거예요. 이렇게 나가면 모나 씨만 억울한 소리 들을 거라고요. 뭐? 집에서 좀 쉬어?"

"그런데 생각해 보면 나 요즘 엄청 피곤하고, 일에 집중도 잘 안 되고."

"……진짜 아픈 데라도 있는 거예요?"

"그런 건 아닌데."

"진짜 기분 나빠요. 피곤해 보인다고 좀 쉬엄쉬엄 일하라고 말하는 거랑 완전 다른 말이잖아요. 집에서 좀 쉬라는 거, 그거 권고사직 아니에요?"

"……나 많이 안 좋아 보여요?"

"아뇨! 모나 씨 진짜 이대로 일 그만두면 바보예요."

희미하게 웃었다. 혜인 씨, 차라리 잘됐어요. 얼마 안 있어서 내 발로 나갔을 거라고 생각해요. 나 아픈 거 맞아요. 아마도요. 설령 혜인 씨가 생각하는 것처럼 권고사직이라고 해도 그냥 네, 하고 나가면 그만이에요. 내가 아니어도 누군가는 나가야만 했을 거니까 잘됐어요. 진짜로 아픈 내가 나가면 서로 좋잖아요. 속으로 주저리주저리 떠들었다. 옆에서 혜인은 상사가 듣기라도 하라는 듯 더 크게 말했다. 정작 내 귀에는 어떤 말도 들리지 않았다.

그렇게 퇴사한 후로 누구에게서도 연락은 오지 않았다. 나를 걱정해 주던 혜인도 마찬가지였다. 정말로 쉴 수 있게 되었다. 모아 둔 돈은 별로 없었지만 티어가 있으니까. 그게 매일 저녁 티어를 기다리며 스스로 하는 위안이었다.

샤워를 하고 저녁을 먹고 약을 먹고. 잠을 자고 일어난 뒤엔 다시 아침을 먹고 약을 먹고……. 매일 똑같은 시간을 보내면서 시간 감각이 사라졌다. 알람이 울리면 겨우 병원 가는 날이나 챙겨 외출하는 게 다였다.

아버지가 마지막으로 집을 나간 게 언젠지 기억나지 않는다. 엄마 집에 간 지도 오래되었다. 내가 유일하게 잘하는 일. 돌보고 아껴 주는 일. 샤워를 하고 약을 챙겨 엄마 집으로 가야겠다. 엄마가 이미 퇴근해 있다면 청소는 할 수 없겠지만. 청소기를 켜면 청소기를 발로 꺼 버리고 모니터를 켤 엄마. 그리고 널브러진 옷가지들을 한쪽으로 밀고, 옆으로 누워 드라마 채널을 찾을 엄마. 또 드라마를 보면서 저런 사람들이 있을까, 진짜로 저렇게 사는 사람들이 있을까, 말도 안 되는 거지, 다 환상이야, 다들 저렇게 살고 싶어 안달 난 모양이네, 구시렁거릴 엄마.

"엄마, 티어가 집을 나갔어."

그 말부터 해야 한다. 빈집이 무서울 정도로 고요해서 뛰쳐나왔다고는 말할 수 없다. 하지만 엄마 집에 도착하고 보니 여기도 빈집이긴 마찬가지였다. 냉장고 모니터 달력을 보니 N이라고 쓰여 있다. 나이트다.

직장에서 받은 스트레스만으로 이렇게 되지는 않았을 것이다. 분명 다른 무언가가 있다는 것을 안다. 얼마 기억나지 않는 꿈의 장면들만 보아도 알 수 있다. 하지만 아직 드림플레이어의 기록을 열어 볼 용기는 없다. 아버지가 집을 나간 사건이 충격이었다면 이제 와서 망가질 리 없다. 상담사는 묵혀 둔 사건이나 감정, 생각들은 언제든 수면 위로 떠오를 수 있다고 했다. 하지만 나는 아버지를 원망하거나 미워하는 게 아니다. 아버지로 생각되지 않아서 그가 내 인생을 휘저어 놓았을 것이라고 생각하지 않는다.

카푸치노를 만들다 말고 멈춰 서서 멍하니, 오늘의 내가 어제의 내가 왜 이렇게 되었는지 유추해 본다. 우유 거품이 계속 인다. 일고 인다. 나는 멍하니 서서 거품을 바라본다. 청소를 하는 게 낫겠다.

수영을 한다. 물속이다. 내가 이렇게 수영을 잘했었나. 앞으로 나아가다 보면 배도 없는 바다에 도착할 수 있을까. 방향을 바꿔 아래로, 밑으로 내려갈 수도 있을까. 그래서 커다란 해파리뿐만이 아니라 가오리도 보고 커다란 참치도 볼 수 있을까. 시끄러운 소리가 들린다. 해일일까, 폭풍일까. 침몰하지 않으려고 선원들이 바삐 외치는 소리일까. 어느새 방문이 달린 집 안이다. 방문 너머에서 들린다. 남자와 여자의 목소리. 싸우는 소리.

주변이 환해지고, 엄마가 나를 흔들어 깨웠다.

"너 언제 왔어. 또 청소해 놨어?"

"어, 그냥."

"약은 먹었고?"

"그러고 보니 나, 저녁을 안 먹었어."

밑반찬을 몇 개 꺼내 놓고 대충 먹겠다는데도 엄마는 자꾸 냉동실에서 무언가를 꺼낸다. 너 이거 먹을래? 이거 그냥 데우기만 하면 돼. 그럼 이건? 자꾸 그러고 있지 말고 앉아요. 엄마, 아빠가 집을 언제 나갔지? 녹이기만 하면 돼, 뜯기만 하면 돼, 볶기만 하면 돼, 부산하던 엄마의 몸짓이 느려진다. 물속으로 가라앉는 배처럼 추욱. 늘어지는 몸을 바라보고 있자니 그 무게가 내 몸으로 느껴지는 듯하다.

"오늘도 병원에서 아버지 얘기했냐."

"응."

"아버지 없는 것도 문제라던?"

"계시는데 안 계시다고 했어. 나 제법 유머가 있는 것 같아."

"그래서."

"뭐 그게 다지."

엄마는 기어코 언 생선을 하나 꺼내 칼 손잡이 부분으로 쾅쾅 내리찍는다. 해동 버튼이 고장 났다는 핑계를 대면서. 엄마, 아버지가 언제 집을 나갔는지 기억이 안 나. 그게 중요한 건지는 모르겠는데 자꾸 기억해 내려고 하는데 기억이 안 나. 아버지가 집을 언제 나갔는지 알아오라디? 아니. 밥 먹자. 엄마, 나 애완 로봇 키울까? 저번에 티어랑 마트 갔다가 토키 봤어. 토키가 아니고 토끼야. 그 기종 아직 문제 원인이 드러나질 않아서 지켜봐야 해. 신제품이라서 사려고 하는 거면 사지 마. 그리고 애초에 애완 로봇을 키운다는 게 어떤 의미인 줄 알아? 세상 귀찮은 짓은 다 해야 된다고. 넌 왜 사서 고생을…….

"티어가 집을 나갔어."

엄마의 표정이 굳어 버리는 게 느껴졌다. 엄마의 등이 더 딱딱해졌다. 생선을 싱크대에 내던지고 상 앞에 털썩 앉는다. 그러곤 우걱우걱 밥을 먹는다. 나도 젓가락을 들고 첫 반찬을 집어 드는데 엄마가 숟가락을 내려놓는다.

"너희 싸움 한 번 안 했다며."

"별일 아냐. 그냥 별일 아닌 것처럼 나가 버렸더라고."

"별일 아닌 것 같은 게 뭔데."

"쪽지 한 장 남아 있더라. 미안하대."

"니가 먼저 연락해 봐라. 남자들은 절대 먼저 연락하지 않아."

"생각해 보고. 뭐 결혼한 것도 아니잖아요."

엄마가 다시 싱크대로 가서 언 생선을 쾅쾅 내리친다. 얼마간 의미 없이 언 생선을 두드려 패더니 아무래도 힘에 겨웠는지 팬에 올려놓고 해동 버튼을 누른다. 기계가 고장 난 건 아니었다.

엄마와 새벽밥을 먹고 늦은 약을 먹었다. 두 여자가 멍하니 앉아 있다가 계속 함께 살았던 것처럼 각자의 위치에 가서 눕는다. 엄마는 거실 모니터 앞 소파에 누웠고 나는 그 옆에 이불을 하나 깔았다. 이제 집도 작은 방으로 옮겨야 하는 걸까. 티어와 함께 사는 동안은 그 정도 집에서 살 수 있었지만, 일도 그만둔 내가 그 집에서 지내는 건 조금 무리인 것 같다. 티어가 완전히 집을 나가게 된다면? 짐은 알아서 빼겠지? 아니면 내가 나가 줘야 하는 걸까?

지금 나에게는 티어가 없다. 직장도 없다. 직장을 구할 수 있을지도 의문이다. 계속 드림플레이어를 차게 된다면 면접을 보기 어려울 테니까.

"엄마, 요즘엔 자꾸 아빠 생각이 나."

"왜."

"솔직히 말해 봐. 혹시 가끔 만나지는 않아?"

"내가 뭐 한다고? 너 그 인간 얼굴이나 기억해?"

"아니. 별로."

고요한 정적이 흘렀다. 우리 둘 사이에는 늘 시끄러운 엄마의 목소리가 흘렀다가 멈춘다. 우리는 비슷한 시점에 할 말을 잃었다.

"병원은 잘 다니고 있어?"

"응."

"목에 그건 언제까지 차야 된다디?"

"드림플레이어?"

"어."

"치료 시작한 지 얼마 안 됐으니까, 한참 남았겠지?"

"꿈도 보는 거야?"

"아직. 직접 볼 수 있는 건 아닌가 봐."

"그래, 뭐 별거 있겠니."

"있어도 보고 싶지 않아. 무서워, 나."

"……."

"엄마, 아빠가 우리를 방치했다고 생각해?"

놀이터에 나와서 그네를 탄다. 아이들이 시끌벅적하다. 놀이터 주변 벤치에 엄마들이 모여 수다를 떨고 있다. 그네를 밀어 주는 남자는 한 명뿐이다. 아이는 내심 자랑스럽다. 나와 놀아 주는 남자 어른은 우리 아빠뿐이야! 가슴이 좍악 펴지고 괜히 더 높이 뛸 수 있을 것 같다. 아이는 웃고 있다. 누군지 알아볼 수 없지만 흔하게 마주칠 수 있는 느낌의 얼굴이다. 그네가 올라갔다 내려왔다. 올라갔다 내려왔다. 높은 공중에 떠 있을 땐 온몸의 피가 세차게 달리는 게 느껴졌다. 하지만 무섭지는 않다. 유일한 남자가 아이 뒤에 버티고 서 있기 때문이다. 긴 팔을 내밀고 받을 준비가 되어 있다. 웃으며 뒤를 돌아봤지만, 남자의 얼굴은 보이지 않는다.

엄마는 오후 출근이라며 급하게 집을 나갔다. 곧 일어나서 씻고 내 집으로 돌아가야지했는데, 다시 낮잠이 들었다. 씻기 전에 미리 먹은 약 때문일 수도 있다. 그리고 다시, 꿈을 꾸었다. 드림플레이어에서 녹화가 완료되었다는 하얀색 불빛이 몇 번 깜빡깜빡거렸다.

그네를 탄 어린아이는 무엇이 자랑스러웠던 걸까. 그저 함께 놀이터에 있다는 것이 즐거웠던 걸까.

오래전에, 그러니까 학교를 졸업했을 무렵. 핸드폰에 저장되어 있던 아버지 번호를 지웠다. 아버지가 직접 알려 준 전화번호도 아니었다. 언젠가 엄마 핸드폰에서 몰래 봤던 것인데, 이상하게 잊히지 않아서 저장해 둔 번호다.

차라리 당신이 죽었다는 소식이라도 들었으면 어땠을까. 울 수 있었을까. 울고 나면 개운했을까. 나는 당신을 기다린 적이 없는데, 왜 아프고 약해진 지금 자꾸 생각날까? 가장 무서운 점은 그거다. 유령처럼 눈에 보이지 않으면서 우리를 조종했다는 것. 적어도 나에게는 보이지도 느껴지지도 않는 유령이었지만, 엄마에게는 영향을 주는 유령이었다는 것. 엄마는 집을 떠난 유령에게 잡힌 듯 예민해졌고, 나는 그런 엄마 밑에서 자라야 했다.

사람은 어디까지 잔인해질 수 있을까?

티어에게 전화를 했지만, 받지 않았다.

또다시 잠이 들었던 것 같다. 눈을 뜨니 드림플레이어에서 하얀 불빛이 깜박거리고 있었다. 그러다 노란색으로 바뀌었다. 무슨 의미인지 알 수 없다. 새벽 3시, 병원에 갈 수도 없다. 그렇다고 리더기를 무작정 켜 볼 수도 없는 노릇이었다. 작은 방에도 화장실에도 베란다에도 엄마는 없었다. 욕조에 물을 받았다.

물에 몸을 푹 담그고 눈을 감으면 다리가 제일 먼저 위로 떠오른다. 그대로 욕조에 등을 기댄 채 엉덩이에 힘을 뺀다.

욕조 바깥으로 나와 있는 얼굴이 서늘하다. 그 서늘함이 기분이 좋다. 이대로 잠이 들면 고래가 될 것 같다. 호흡을 천천히, 천천히, 아주 천, 천, 히…….

물속이다. 더 깊이, 더 깊이 내려가고 싶다. 내려가면 가오리도 있고 참치도 있고……. 고래도 있겠다. 고래들은 노래를 부르는 물고기였다고 한다. 물 밖에서 숨을 쉬고 물속에서 사는 포유류이기도 하다. 생리를 하고, 새끼를 낳고, 초음파로 대화하고. 그리고 아이를 지키기 위해 꼭 붙어 다니고. 비행기 날개 같은 지느러미를 펄럭이면 바다가 뒤집힌다. 새끼 고래가 불쑥 얼굴을 내밀어 인사를 한다. 안녕. 나는 엄마가 너무 좋아. 넌 어때? 나는 엄마랑 너무 달라. 넌 아빠가 궁금하지 않아? 아빠? 아빠가 뭐야?

장면이 바뀐다. 놀이터에서 소녀가 그네를 타고 있다. 그네 뒤에서 소녀를 밀어 주는 사람은 키가 작은 남자다. 원래 그네는 다른 사람이 밀어 줘야 더 재밌는 법이야. 기계에 의지하면 안 된다. 사람은 사람이랑 살아야 해. 소녀는 아무것도 모르고 알았어요, 대답한다.

[12시 40분. 병원 예약은 1시 40분입니다.]

병원에 가야 하는 날이다. 어젯밤에 잠깐 깼을 때 보았던 드림플레이어의 노란 불빛에 대해서도 물어봐야 한다. 엄마는 밤이 지나도록 집에 들어오지 않았다. 티어에게 한 번 더 전화를 해 보았다. 받지 않는다. 어제는 욕조에서 오랫동안 꿈을 기억해 내려고 노력했다. 하지만 어린아이의 웃음소리와 남녀의 싸움 소리, 놀이터의 시끄러움과 그네를 탈 때 들리는 바람 소리. 소리들이 머릿속을 굴러다녔다. 정확히 알수 있는 것은 아무것도 없었다. 그때 문자가 왔다.

[미안해. 조금만 더 시간을 줘.]

병원에 가기 위해 버스에 올랐다. 한낮인데도 사람들이 많았다. 이 시간이면 보통 회사에 있지 않나? 순간 떠오른 사무실의 냄새와 몇몇 얼굴들에 고개를 저었다. 어떤 기억은 아무리 먼 곳에 있는 장소라도 지금 당장 이곳으로 가져와 버린다. 음악을 재생해 기억을 쫓아 버렸다.

창문을 열 수 있는 뒷좌석이 좋다. 마침 뒤에서 두 번째 줄에 빈자리가 있다. 창문을 조금 열고 창틀에 고개를 기댔더니 졸음이 쏟아졌다.

이 부서에서 저 부서로 통화를 하며 뛰어다닌다. 그래, 저렇게 뛰어다녔었지. 시간이 나를 잡아먹는 것도 아닌데. 그래, 상사가 나를 잡아먹을까 봐 뛰어다녔어. 그때 마침 재생되는 기억. 상사가 "자네는 뇌가 없나?" 한다. "자네는 뇌가 없나? 어떻게 일하는 모든 게 컴퓨터만도 못해. 이래서 인간이 무능력한 시대가 왔다고 하는 거야." 옆에서 중얼거리는 선배의 말이 들린다. "자기는 인간 아니라니?" 나는 웃는다. 뭐가 좋아서 웃는 걸까. 웃는 게 웃는 게 아니라는 말이 떠오른다. 엄마가 자주 하는 말이다.

사실 엄마는 잘 웃지도 않으면서 그 말을 입에 달고 살았지. 가끔 엄마는 그 말을 노래처럼 멜로디를 붙여 흥얼거리기까지 했다. 사실 상사는 인간이 아니었을지도 모른다. 하지만 그건 중요하지 않았다. 직장에 있는 시간이 길어질수록 내가 인간이 맞나 하는 의심이 들었으니까. 상사의 방문 앞에 서면 심장이 뛰는 것처럼 머리가 쿵쿵 뛰었다. 심장이 머리로 도망가 버렸나? 그럼 뇌는 어디로 갔지? 나는 진짜 뇌가 없나?

촌스러운 색의 방문이 거대하게 서 있다. 그 안에서 시끄러운 소리가 들린다. 비현실적으로 큰 문에 압도된다. 문을 열지 않으면 문이 나를 덮칠 것 같은데, 문을 열면 뿔이 달린 괴물들이 있을 것 같다.

머리가 아프다. 마침 버스 안내 방송이 나오며 꿈인지 무엇인지 모를 것에서 깼다.

병원에서 한동안 꿈을 지켜볼 것이라고 했다. 내가 직접 보는 것도 방법이라고 했다. 하지만 나는 아직 그 정도로 강하지는 않은 것 같다. 머릿속에서 자동으로 재생되는 기억들이 있다. 꿈인지 무엇인지 모를 것들이 자주 선명하게 나를 불렀다.

일시 정지.

"힘든 부분은 다 지나갔어요. 견딜 만했나요?"

"네. 힘들지 않았어요."

"무언가가 보이진 않았나요?"

"네. 아무것도요."

"나중에 갑자기 기억나는 것도 있을 거예요. 그럴 땐 기록해 두는 게 좋아요. 너무 힘들 땐 병원으로 연락을 해도 좋아요. 어쨌든 잘 지켜봐야 해요."

"네."

"가족분에게도 잘 지켜봐 달라고 하세요."

"하지만……."

그 다음은 말하지 않았다. 집에는 티어가 없다. 엄마? 엄마 집에 가서 지내는 게 나을까? 하지만 엄마는 내가 드림플레이어 치료를 받는 걸 반기지 않는다. 숨이 가빠졌다. 하지만 여긴 병원이니까 괜찮다. 혼자 있어도 괜찮다. 그것도 안 된다면 엄마가 있으니 괜찮다. 아빠가 집을 나갔을 때 엄마도 그런 생각을 했을 것 같다는 확신이 들었다. 내 딸은 아빠가 없어도 엄마가 있으니까 괜찮을 거야. 엄마는 남편이 없지만 자식이 있으니까 괜찮았을 거야.

어쨌든 다들 혼자가 아니어서 다행이라는 생각으로 그럭 저럭 살아가지 않아? 아무리 혼자가 좋다고 해도 어느 순간 에는 어떤 이유로든 사람이 필요하니까. 그럼 아버지는 어떤 이유를 찾아내 삶을 지속했을까? 모두들 잘못한 것이 없는데 지불해야 할 이유가 필요했을 것이다. 아버지를 포함해서.

집에 도착하니 티어가 왔다 간 흔적이 보인다. 하지만 짐을 치우거나 다른 메모를 남겨 두진 않았다. 타인에게 우리를 소개할 때는 연인이라고 한다. 하지만 나는 가끔 우리가 연애를 하고 있는 건가, 양육을 하고 있는 건가 헷갈렸다. 나는 그를 키우고, 그는 나를 돌보고. 마트에서 토끼를 앞에 두고 조잘거리던 나를 보며 그는 무슨 생각을 했을까. 그는 꿈에서 무슨 말을 뱉고 싶었을까. 나는 단지 다음 말이 궁금했다. 뭐가 미안하다는 건지 알고 싶었다.

이불에 풀썩 드러누웠다. 티어의 냄새가 아직 희미해지지 않았다.

뜨거운 여름. 자전거 뒷좌석에 앉아서 다리를 붕 띄우고 있다. 휠에 발이 끼지 않도록 다리는 벌리고 있어야 한다고 누군가가 알려 줬던 것 같다. 하지만 누구지? 앞에 앉은 사람은 그네를 밀어 주던 사람과 비슷해 보인다. 왜소한 몸집에 부드러운 머리털을 가진, 아, 아빠다. 아빠의 자전거 뒷좌석에 앉아서 노래를 부르고 있는 건 나다. 아빠의 등이 땀으로 조금씩 젖어 가고 있다. 불쾌하지 않은 땀 냄새가 옅게 번진다.

자전거에서 내려 옛날 사진이 몇 개 걸린 가게로 들어간다. 그 안에는 아빠 또래의 아저씨들이 있다. 맥주를 들고 오던 아저씨가 환하게 웃으며 "아이고 우리 모나 왔네." 아! 아빠가 친구들을 만나는 날인가 보다. 영업 전인지 나머지 테이블은 모두 비어 있다. 시원한 주스 한 잔을 주고 웃으며 주방으로 들어가는 아저씨. 열어 둔 창으로 뜨거운 열기가 불어 들어온다. 에어컨도 없나 봐. 이게 언제 적이야. 모든 건물에 온도 조절 장치가 있어야 하는 게 법으로 제정된 지 20여 년이 되었으니 내가 일고여덟 살쯤일 때다. 이게 실제 있었던 일일까. 하는 순간 장면이 넘어간다.

다시 뜨거운 열기. 모래사장과 바다 그림이 걸린 작은방. 남자들의 웃고 떠드는 소리가 들리지만 내 목소리는 누구에게도 들리지 않는다.

"아이고 우리 모나 왔네. 아이고 우리 모나 예쁘네. 우리 모나."

그 순간 꿈에서 깼다. 화장실로 달려가 구역질을 했다. 다시 화장실에서 나왔을 때 아버지 냄새가 기억났다. 아버지에게서는 늘 락스 냄새가 났다. 잘 삶은 수건의 냄새도 기억난다. 찬물로 거칠게 세수를 하고 깨끗한 수건을 꺼내 얼굴을 파묻었다. 잘 소독된 냄새, 바삭바삭하고 거칠거칠한 냄새가 나지 않는다. 부드러운 섬유유연제 냄새. 티어에게서 나는 냄새. 그리고 나에게서 나는 냄새다.

"모나야, 깨끗하게 닦았니?"

아버지가 확인하는 목소리가 들리는 것 같았다. 이제 환청까지 듣는 건가? 고개를 들어 화장실 거울을 바라보니 점점 엄마를 닮아 가는 내 얼굴이 흐릿하게 보인다. 잠시 아찔하더니 바닥에 주저앉고 말았다. 아직도 꿈을 꾸고 있는 것처럼 다시 장면이 보이고 소리가 들린다.

엄마와 아빠가 싸운다. 생선 냄새가 진하게 풍긴다. 맞

아. 아빠는 원양어선을 타던 사람이었고, C급 행성에서 폴립이라는 거대한 고기를 잡는 사람이었다. 아빠에게서는 늘 냄새가 났다. 비린내, 땀 냄새, 그리고 얇게 깔린 피비린내. 아빠가 집에 오면 너무 반가워서 달려가도 아빠가 큰 손으로 나를 턱 밀쳐 냈다. 그러고는 욕실에 한 시간이고 두 시간이고 들어앉아 자기를 닦고 또 닦았다. 일하는 동안 입었던 작업복은 전부 소독약에 담가 놓고 나서야 욕실에서 나왔다.

그리고 엄마가 어질러 놓은 방을 보며 한숨을 쉰다. 엄마는 아빠가 가져온 질 좋은 생물을 요리해 내왔다. 아빠는 게눈 감추듯 밥을 먹어치우고 잔소리를 시작한다. 엄마의 낯빛이 점점 어두워진다.

엄마와 아빠가 싸우는 소리가 들리면 나는 방으로 들어가서 아빠가 막 집에 들어왔을 때 나는 구질구질한 냄새를 떠올렸다. 싸움은 한 시간을 넘기지 않았다. 아빠는 자전거를 끌고 집에서 나간다. 엄마는 운다.

엄마가 운다.

내가 울고 싶은데 엄마가 먼저 운다.

최면에서 풀린 듯 눈을 뜨고 욕실에서 기어 나왔다. 멍하니 거실 소파를 쳐다보니, 어제 벗어 둔 하얀 티셔츠가 깨끗하게 개어져 있다.

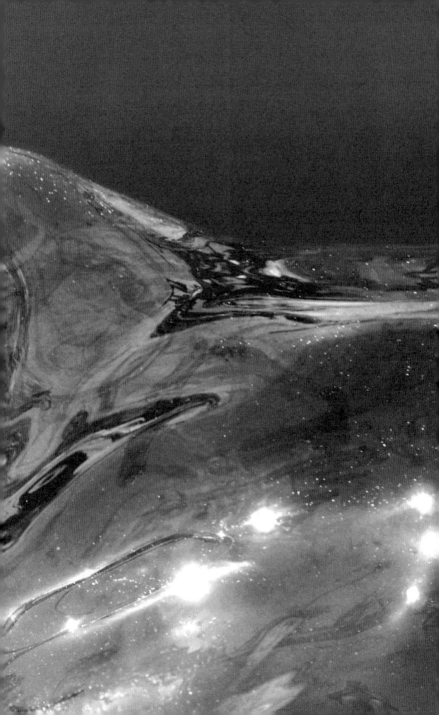

My First Bunny

되감기를 한다. 지금 꿈을 꾸고 있다고 해도 영상은 자동으로 저장되고 있을 것이다. 어젯밤에 인간은 컴퓨터와 슈필러를 연결하는 작업을 했기 때문이다. 인간은 생각도 걱정도 많은 생명체다.

일시 정지. 침대 맞은편 벽에 영상을 띄운다. 인간은 몸을 살짝 뒤척인다. 영상을 재생한다. 높은 절벽이 있다. 아니다, 절벽이라기보다는 탑에 가까운 모습이다. 인위적으로 잘 깎아 낸 듯한, 혹은 잘 쌓아 올린, 아! 흙이다. 지구역사 책에서 보았던 바다와 모래사장 그리고…… 거대한 모래성이다. 지금 나는 모래성 위에 서서 무엇인가를 찾고 있다. 아니다. 찾는 게 아닐 수도 있다. 무언가를 찾는다기엔 너무 가만히 서 있다. 한 지점을 보고 서 있는 듯한 영상이다. 조금씩, 느리게 시선이 움직이고 있다. 왼쪽에서 오른쪽으로, 오른쪽에서 더 오른쪽으로. 그러다 다시 왼쪽으로 천천히.

인간이 다시 뒤척인다. 인간이 깰지도 모른다는 생각에 영상을 꺼 버렸다. 나는 타곳이다. 인간과 함께 살아가고 있다.

나는 바다를 본 적이 없다. 내가 있던 곳에서 바다는 이미 200년 전에 사라졌다. 그러니까 내가 바다에 대해 아는 것은 교재에 나와 있는 정보나 영상으로 본 게 전부다. 하지만 꿈의 장면들이 생생하다. 지나치게 생생해서 꼭 기억을 꺼내고 있는 것 같다.

내가 꿈에서 느끼는 냄새와 소리와 공기의 결은 생전 처음 느껴 보는 것이다. 공기의 결, 내가 만들어 낸 단어다. 공기에도 결이 있다는 걸 떠올린 것이다. 200년 전엔 공기의 결을 지칭하는 단어도 있었을까?

꿈에서 깨자마자 검색을 했다. 공기, 결, 공기의 결, 공기의 흐름, 공기의 움직임, 공기의 느낌. 사어死語 사전을 중심으로 검색하니, 순한글로 이루어진 단어 '바람'이 뜬다.

바람1

1: 기압의 변화 또는 사람이나 기계에 의하여 일어나는 공기의 움직임.

2: 속이 빈 곳에 넣는 공기.

3: 몰래 다른 사람과 관계를 가짐.

4: 사회적으로 일어나는 일시적인 유행이나 분위기 또는 사상적인 경향.

태양이 짧아지고 있다는 걸 깨닫는 어느 저녁에는 코끝이 찡해졌다. 그런 감정을 뭐라고 부르는지 모른다. 다시 태양이 길어지면 뜨거운 숨이 푹푹 새어 나오며 짜증이 났다. 사람 마음은 참 변덕스럽구나. 타곳은 생각했다. 이게 인간의 생각인지, 타곳의 생각인지는 알 수 없다. 이곳의 날씨는 타곳이 적응하기에 너무 버겁고, 인간은 너무 복잡하다.

푹 꺼지는 침대에 누워 눈을 감고 가만히 중력을 느끼는 게 좋다. 인간은 창문을 열어 놓고 엄지발가락을 꼼지락거리는 것을 좋아한다. 인간의 애인은 그때마다 상을 구기며, 넌 2000년대에서 온 사람 같다고 말했다. 그럼 인간은 속으로 생각한다. '너처럼 몸에 안 좋은 것만 좋아하는 것보단 이렇게 게으름 부리는 게 훨씬 낫지!' 일일이 대답하지는 않는다. 웃지도 마주하지도 않고, 그냥 창틀에 얼굴을 턱 올려놓고 아무 멜로디나 흥얼거린다. 어떤 말도 입에서 나오지 않았다.

그게 당연하다는 듯이 이어지는 둘의 연애를 안쪽에서 바라보고 있으면 피식 웃음이 나왔다. 인간은 이런 연애가 이상한가 생각하다가 다들 그런 건가 헷갈려 했다. 역시 이불에 파묻혀 발가락을 꼼지락거리는 게 좋다.

타인에게 우리를 소개할 때는 연인이라고 한다. 하지만 이 인간 안에는 나도 있다. 나는 타곳이다. 셋이서는 연애를 할 수 없다. 그래서 인간의 애인이 함께 있을 때 나는 활동하지 않는다. 나는 이들이 연애를 하고 있는 건가, 양육을 하고 있는 건가 헷갈렸다. 나는 그녀의 몸에 기생하면서 그녀를 돌보고, 그녀는 나를 돌본다. 그리고 애인도 그녀를 돌본다.

얼마 전 마트에서 보았던 애완 로봇이 떠올랐다. 태그에 bunny라는 이름이 쓰여 있던 애완 로봇.

인간의 애인이 bunny 하나를 집어 들고, 털을 쓰다듬으며 말했다.

"진짜 부드럽다. 이런 게 막 뛰어다녔다고 생각하니까 신기하지 않아? 부드럽고 말랑말랑한 게 막 퐁퐁 뛰어다녔다고 생각하면 진짜 귀여웠을 것 같아. 밟으면 어쩌나 겁내면서 말이야."

"그 정도로 작지는 않았을 것 같은데?"

"그런가? 뭐, 어쨌든!"

"키우고 싶어? 애완 로봇."

"아니. 뭐 이런저런 돈도 들 것 같고……. 아! 너는 부자로 2000년대에 사는 게 좋아, 가난하지만 뭐 죽을 정도는 아닌 지금에 사는 게 좋아?"

bunny를 앞에 두고 조잘거리던 인간의 입이 귀여웠다. 내가 볼 수는 없지만, 내가 느낄 수는 있는 움직임. 그녀는 아직 나를 의식하지 못하고 있는 것 같다. 그래서 내가 그녀의 꿈을 마구 돌려 보아도, 갑자기 꿈에서 깨 사전을 뒤지면서도 뭐가 잘못되었다거나 이상하다는 의식을 하지 못한다. 무딘 인간을 골라서 다행이라고 생각했지만, 슈필러를 차고 있다는 점에서는 마냥 안심할 수는 없다.

슈필러는 관리 대상인 경우에만 차는 꿈 녹화 기계이기 때문이다.

나는 단지 궁금했다. 그녀에게 어떤 문제가 있는 것인지. 내가 해결할 수는 없는지. 나는 지구 밖에서 온 타곳이고, 지구인 여자의 몸에 기생해 산 지 두 달 정도 되었다.

그녀가 나를 의식하고 있는지는 모르겠다. 한 번씩 자신이 기억을 잃는다고는 생각하는 것 같다. 그럴 땐 내 의식이 강할 때다. 나는 대체로 그녀와 나 사이의 균형을 잃지 않으려고 한다. 예를 들면 애인이 있을 때는 최대한 잠들어 있으려고 한다. 물론 둘 사이의 일이 궁금해서 깨어 있을 때도 있지만, 그건 전부 인간에 대한 정보를 수집하기 위해서다. 나는 그녀를 분명히 의식하고 있고, 그녀보다 강한 의식을 가지고 있다. 그러니까 이대로 인간을 차지해 버려도 그만일 것 같았다.

그 과정에서 내가 조각날 수도 있고, 휘발될 수도 있다는 생각을 잠깐 했다. 우리 행성에서는 기생 과정을 따로 배우는데, 그때 교재에서 보았던 영상을 기억한다. 하지만 지구인, 아니, 인간은 생각보다 약한 것 같다.

나는 혼자 이곳에 왔다. 인간의 몸에 파고들 생각으로 온 것은 아니었지만, 생존을 위해서 기생을 시작할 수밖에 없었다. 처음에는 그녀의 짧은 손톱 아래에 있었다. 포자 형태로 붙어 있다 조금씩 범위를 넓혀 갔다. 그리고 그녀의 장기 곳곳을 완전히 파악할 수 있게 되었을 때, 동료에게 의식 파일을 보내 달라고 연락했다. 지구에서 가장 쉬운 방법은 인터넷을 사용하는 것이다. 동료는 그녀의 메일로 나의 의식을 보내 주었다.

수업 시간에 보았던 수많은 기생 방식 중 최고 난도의 것이었지만, 일은 쉽게 진행되었다. 인간은 생각보다 더 더러웠고, 그들의 피부는 특수했기 때문이다. 웬만한 균류에는 살이 썩지 않았다. 그것이 가장 신기했고, 부러웠다. 하지만 그만큼 그들은 균에 대해 감각이 무뎌서 위험한 행동을 서슴지 않았다. 그것을 '더럽다'고 표현하는 것 같다. 인간은 손톱을 깨무는 습관이 있다.

그녀의 애인은 그녀의 습관을 싫어했다. 결벽증이라는 것이 있는 사람이다. '결벽증'을 그녀의 머릿속에서 찾아본다. 결벽증은 병이고, 청결함이나 정리정돈에 지나치게 집착하는 증상이다. 내가 그런 인간의 몸에 기생하지 않아서 다행이라는 생각이 들었다. 포자 상태로 진입하는 것이 가장 쉬운 타곳에게 결벽증 인간이 말하는 청결함은 사망 선고와 다름없다. 그렇다고 해서 그녀가 더러운 것도 아니다. 빨리 그녀의 몸에 잠식한 것이 다행이라는 생각이 들었다.

요즘에는 그녀의 생각을 읽는 것에 재미가 들렸다. 의식이 하나가 되기 전에 그녀의 모든 것을 들여다보고 싶었다. 실은 나에게 필요 없는 정보들이 더 많았지만, 더 완벽한 인간의 형태로 살아가기 위해 하는 짓이라고 해 두자. 완벽한 위장. 나는 그런 핑계로 그녀를 들여다보고 있다. 그리고 그녀의 꿈을 먼저 보고 있다. 나는 그녀가 깨어 있는 시간에 최대한 부족한 잠을 채우고, 그녀가 자는 시간에 뇌와 꿈속을 헤집고 다닌다.

굳이 슈필러를 차고 다니는 건 그녀의 불안 때문이 아닌가 하는 결론에 도달했다. 그녀에게는 특별하다고 생각될 만큼 위험한 요소가 없다. 하지만 그녀는, 그리고 그녀의 애인과 엄마 역시 그녀가 치료를 받는 게 이상한 건 아니라고 생각한다. 인간은 복잡하다. 인간의 생각이 복잡한 것 같다. 이런 건 우리 행성에서도 배우지 못한 것이라 당황스럽다. 그러니 더더욱 그녀의 뇌 속을 헤집고 다니는 수밖에 없다.

그녀의 애인은 종종 그녀의 슈필러를 만진다. 문제는 그녀가 자고 있을 때 그런다는 것이다. 아무래도 슈필러를 작동시켜 보고 싶은 것 같았다.

슈필러는 드림플레이어라고 불리고, 꿈을 기록한다. 사람이 기억하지 못하는 꿈들을 기억해서 그 사람의 무의식에 무엇이 있는지 찾는, 굉장히 클래식한 장치다. 그러나 한 가지 더 사용할 수 있는 기능은 언제든지 자신도 녹화된 꿈을 재생해서 볼 수 있다는 것이다. 그것이 슈필러 A타입의 장점이자 단점이다.

다행이랄지 그녀는 슈필러의 재생 버튼은 절대 누르지 않는다. 대신 병원에 꼬박꼬박 다니며 의사의 말을 잘 들으려고 한다. 그녀는 의지가 있는 사람이다. 타곳에게 중요한 것이 의식이라면, 인간에게는 의지가 그런 것인 듯하다. 그러니 내가 아는 인간 중 가장 인간적인 사람이다. 그 점이 좋다.

나는 점점 그녀의 행동과 생각이 신기하고, 궁금하다. 마음. 타곳에게도 마음이 생길 수 있는 것 같다. 마음과 생각이 다르다는 걸 인식하게 해 준 것이 인간의 몸이다. 인간은 감정으로부터 마음을 만드는 것일까, 마음으로부터 감정을 만드는 것일까. 몸은 또 어떻게 연결이 되는지, 인간 몸에 있을수록 역시 '마음'이 제일 궁금해진다.

어쨌든 인간의 애인은 슈필러의 재생 버튼을 누르고 싶어 하면서도 매번 그것이 잘못된 일이라는 듯 포기한다. 그러고는 미안함이 느껴지는 포옹을 한다. 슬쩍 그 애인의 몸으로 옮겨 가 보고 싶지만, 인간에게 기생한다는 것은 그렇게까지 쉬운 것은 아니다. 금세 옮겨 갈 수 있는 것이 아니고, 옮겨 가서도 의식을 가져오는 방법을 찾아야 한다. 물론 의식을 가지고 통째로 옮겨 갈 수도 있지만, 음. 그건 인간의 입장에선 매우 잔인한 방식이므로 포기한다. 나는 그녀가 가지고 있는 모든 것들에 흥미를 느끼고, 때로는 집착한다. 결벽증이라는 단어를 떠올린다. 그녀에게서 학습된 것들. 타곳은 집착한다.

내가 인간의 몸에 기생하기 시작한 것도 순전히 재미 때문이다. 나의 생존을 위해서 반드시 필요한 일은 아니었다. 그저 익숙하지 않은 행성에서 살아가기 위해서는 기생 생활이 가장 편하기 때문에 선택한 것이다. 적당히 다른 동물의 몸에 파고들었어도 된다. 하지만 지능이 높지 않은 동물과 살아가는 일은 상당히 지루하고 피곤한 일일 것이다.

타곳에게 죄책감은 없다. 하지만 그녀의 애인을 보면 이상한 기분이 든다. 저쪽으로 넘어가서 저쪽의 마음을 확인해 보고 싶은 충동이 든다.

그녀는 엄마와 잘 지내 보려고 한다. 그게 너무 어려운 일이지만, 반드시 해내야 하는 과제처럼, 그녀는 노력한다. 포기해도 될 텐데 싶을 만큼의 높은 스트레스가 느껴진다. 그녀의 엄마가 유별나게 이상한 사람이라거나 잘못된 사람으로 보이진 않는다. 그저 '관계'의 문제로 보인다. 하지만 엄마와 딸이란 모두 그런 것인지, 이들이 이상한 관계를 맺고 있는 것인지는 모르겠다.

그녀는 엄마의 집에 갈 때 유난을 떤다. 심장 박동수가 높아지고, 속으로 '불안해'라는 말을 반복한다. 엄마의 집은 언제나 난장판이고, 그녀는 집을 정리하면서 심장 박동수가 잦아든다. 천천히, 천천히, 누군가가 괜찮다고 말해 주는 것처럼 심장의 쿵쿵 소리가 낮아진다.

나는 그녀의 하루 중 가장 많은 시간을 함께하고 있는 존재다. 그렇다고 해서 내가 그녀의 모든 사생활을 보고 있는 건 아니고, 나는 내 나름대로 생존을 위해 힘쓴다. 나에게 몰두하는 시간이 더 많은 것이다. 나는 그녀를 장악하고 싶지 않다. 그저 내가 이곳에서 겪게 될 일들을 대비해서 더 많은 것을 배우고 싶을 뿐이다.

인간의 입장에서는 누구도 내가 반갑지 않을 것이다. 그들이 보는 외계인은 우리와 비슷하면서도 다른데, 왜들 그렇게 잔인하고 징그럽게만 묘사했는지 모르겠다. 그것은 두려움일까. 미지의 것에 대한 두려움. 그리고 인간이라는 자부심. 그런 게 아니라면 왜 인간들은 그 이상의 무언가를 상상하지 못하는 것일까.

결국 그녀의 애인은 슈필러를 재생해 보고 말았다. 그녀의 허락도 없이, 그녀가 잠든 사이에.

애인은 그녀가 깨끗해서 좋다고 했다. 내가 아는 그녀는 그렇게까지 깨끗하지 않은데, 아마도 인간들이 말하는 '깨끗함'은 다른 모양이다. 애인이 그녀에게 깨끗하다고 말하는 데에는 애인의 소년 시절 때문이라는 것을, 얼마 전 그녀의 뇌 속에서 찾을 수 있었다. 엄마 없이 자란 소년은 매일 아버지에게 훈련을 받았다. 청결을 강요받으며 까칠한 인간으로 자란 것이다. 그런 사람을 받아 주고, 강박적인 생활을 함께할 수 있는 사람이 그녀였다.

그녀의 애인에게는 그녀가 가장 적당했다. 한 가지 불만이라면 손톱을 물어뜯는 습관 정도다.

그러나 이제는 그녀를 떠났다. 정확히는 집을 나갔고, 그녀는 당황스럽다. 집을 나간 것을 떠난 것이라고 받아들이고 있기 때문이다. 하지만 내가 보았던 그의 행동 역시 '당황'했고, 패닉에 빠졌기 때문이다. 잠깐의 도피 상태에 지나지 않을 수도 있다. 나는 그의 영역에 침범한 적이 없으니 확신할 수는 없다. 다만 내가 제일 먼저 발달한 것은 인간의 표정을 읽는 능력이다.

그녀는 다른 패닉 상태로 엄마의 집으로 향했다. 그녀의 엄마는 그녀가 치료를 받는 것을 거부하지 않으면서도 반기지도 않는 것 같다.

"오늘 병원에서 아버지 얘기했냐?"

그녀도 엄마도 아버지라는 존재에 대해 거부감이 있다. 환대할 수 없는 존재라는 인상으로 대화를 이어 간다.

"응."

"아버지 없는 것도 문제라던?"

"계시는데 집에 안 계시다고 했어."

그녀의 아버지는 집을 나갔다.

"나 제법 유머 있는 것 같아."

"그래서."

"그게 다지."

"아버지가 없는 게 문제라는 소리라도 했으면 그거 그만 하라고 했을 거다."

"아버지가 없는 건 문제가 아닌데, 방식에는 문제가 있었지."

"그게 지금 너를 그렇게 이상하게 만들었다는 거야?"

"그런 건 아니고."

"그럼."

"모든 걸 하나로 설명할 순 없잖아."

그녀는 화를 억누르고 있다.

"나도 모르니까 병원에 다니는 거야."

그리고 그녀는 자연스럽게 애인을 떠올린다. 깨끗해야만 하는 사람. 그녀는 엄마와 대화를 할수록 슈필러를 재생해 봐야 하나 하는 고민이 생긴다. 나는 그것을 추천하지도 거절하지도 않을 것이다. 이 몸의 주인은 내가 아니라 그녀다. 내가 가끔 호기심을 채우기 위해 장난스러운 일을 할 뿐이다. 나는 나쁜 타곳이 아니다.

"티어가 집을 나갔어."

엄마는 그녀에게 반응하지 않는다. 대꾸하지 않을 뿐, 그 표정에 황망함은 감출 수 없다. 도대체 이들에게 파트너란 얼마나 중요한 것일까. 이해해 보려고 기억을 헤집고 다닌다. 내가 가장 잘하는 일은 숙주의 뇌를 타고 흐르는 것. 그러나 나는 절대로 회로를 섞거나 멋대로 전기 신호를 보내진 않는다. 인간을 숙주라고 부르고 싶지도 않다.

다른 타곳이 들어올 확률은? 분명 있다. 하나의 집에 여러 마리의 새가 들어올 수 있다. 나도 타곳이고, 누군가도 타곳일 것이다. 타곳과 인간일 수도 있고, 그냥 인간일 수도 있다. 그런 생각을 하면 완전히 가져 버리는 편이 안전하다. 하지만 그건 타곳의 입장이다. 갑자기 쳐들어온 사람이 손님이나 도둑이 아닌 주인이라고 우기는 것은 별로 내키지 않는다.

그래서 나는 공존하는 쪽을 택하고 싶다. 어쩌면 나는 그녀가 마음에 든 것 같다.

그녀는 엄마와 시덥지 않은 대화를 나누고 집으로 돌아가는 시간을 싫어하는 모양이다. 집으로 가는 내내 속이 더부룩하고, 멀미를 하는 통에 내가 그녀의 몸에서 도망치고 싶었다. 매번 이런 식으로 엄마를 만나는 걸까? 왜 그렇게까지 해서 엄마를 만나야 하는 걸까. 타곳인 나는 알 수 없다. 엄마라는 존재를 이해하지 못해서일까? 아니면 그녀를 이해하지 못한 것일까.

그녀는 집에 도착하자마자 화장실로 달려간다. 그러고는

헛구역질을 한다.

이 관계가 얼마나 결벽적인지 알 것 같았다. 화장실에서 나는 락스 냄새가 많이 옅어졌는데도 나는 뱉어질 뻔했다. 그런 식으로 인간의 몸에서 빠져나오는 것은 아니지만, 처음으로 강한 거부감을 느꼈다. 그녀가 나를 거부하고 있는 것은 아닐 텐데. 이게 무슨 일일까. 단순히 멀미라고 하기에는 그녀의 몸이 유난을 떤다.

다른 타곳이나 다른 기생 생명체가 침입한 것은 아닌지. 잠시 몸 전체를 훑어봐야겠다. 작은 씨앗 하나도 허락하지 않을 거야. 생각하는 사이 인간은 소파에 누워 잠들어 버린다.

그녀는 병원에 가는 날을 좋아하고, 싫어한다. 무척 귀찮다는 인상과 함께 편안함이 떠오른다. 인간의 뇌에서는 어울리지 않는 것들이 함께 떠오르곤 하는데, 그게 몸이랑 연결된다는 것이 더욱 신기했다. 그녀는 병원에 가는 날이면 이상하게 활기가 돌지만, 오히려 침대에서 더 뒹굴고 게으름을 부린다.

오늘은 병원에 가서 애인이 집을 나간 것에 대해 이야기해야 할지 고민한다. 몸을 데굴데굴 굴리면서. 갑자기 심장 박동이 빨라진다. 그녀의 심장으로부터 불안의 신호가 울린다. 그 신호는 타곳을 흔들 정도의 감각이다. 그녀는 여전히 애인이 왜 사라졌는지 이해할 수 없다. 내가 느끼기에는 이해하고 싶지 않은 것 같다. 그러나 이해하고 싶은 것이다. 이해하고 싶지 않은 것을 왜 굳이 이해하려고 노력하는지 모르겠다. 가서 물어보면 된다고 알려 주고 싶지만, 나는 그녀가 아니다.

동시에 나는 궁금해진다. 파트너가 왜 사라졌는지가 문제인지, 그보다는 영원히 돌아오지 않으면 어쩌나 걱정이 되진 않는지. 지금까지 내가 관찰한 인간은 파트너에게 매우 의지하는 생물이기 때문이다. 파트너를 잃었을 때에는 어떻게 행동하는지, 그것은 타곳에게도 매우 중요한 일이다. 그녀의 생존과 직결되지 않는 문제일까?

나는 동료에게 맡기고 왔던 의식을 중요하게 여긴다. 타곳이라면 모두가 그렇다. 그러므로 신뢰하는 관계가 아니더라도 서로의 의식은 중요하게 여긴다. 그것을 인간의 말로 바꾸면 '존중'이라고 할 수 있다.

그녀는 자신을 존중해 주지 않는 애인을 이해하려고 한다. 나에게는 그렇게 보인다. 그보다 황당하고 중요한 것은 그녀가 자기 탓을 하고 있다는 것이다. 생생하게 느껴진다. 타곳에게는 없는 '죄책감'. 나에게는 없는 것이기 때문에 더 생생하게 느껴지는 아주 이질적인 것이다. 타곳이 느낄 수 있는 최고의 외계감. 그것은 '자책'이라는 단어로 이어진다.

그녀는 상체를 벌떡 일으켜 세운다. 그러고는 슈필러의 재생 버튼을 누른다. 여기서 무엇을 찾을 수 있을지 두려워하는 기색이 없다. 그녀는 이해하고 싶다. 애인이 자신을 떠난 이유, 혹은 갑자기 사라진 이유를 이해하려고 자신의 꿈을 재생한다.

재생. 되감기. 다시 재생. 일시 정지. 그리고 되감기, 일시 정지. 재생.

나는 이미 보았던 장면들이다. 내가 몰래 보았던 꿈의 부분들이 저장되어 재생된다. 그녀는 아무 파일이나 골라서 재생한다. 기록1, 기록2, 기록3…… 랜덤으로 열린 파일들은 전부 그녀에게 말도 안 되는 장면들이다. 그녀의 눈은 그렇게 움직이고 있다. 어느 쪽으로도 고정하지 못하고 부르르 떨면서, 파르르 속눈썹도 떨린다.

되감기, 일시 정지, 그리고 재생. 반복되는 행동에 조금씩 걱정이 된다.

그녀는 그날 결국 병원에 가지 않았다. 몇 개의 꿈 영상을 더 보고, 샤워실에서 내내 울었다. 울고 나와서는 이불 속에서 나가지 않았다. 그리고 다시 울고. 슈필러를 벗어 버리려고 잡아당기다가도 어쩔 줄을 몰라 다시 울었다.

나는 그녀가 운 이유를 이해하지 못한다. 하지만 인간에게는 힘든 무언가가 있었겠거니 한다. 나는 이해하고 싶다. 하지만 마음이 없이는 눈물을 이해할 수 없다.

그녀가 다시 꿈 영상을 재생하려고 할 때마다 내가 뇌를 잡아당겼다. 정확히는 팔을 움직이지 못하게 만들었다. 그녀가 괴로워했다. 끙끙 앓는 소리부터 빼액 지르는 소리까지, 그녀는 괴물처럼 일그러졌다. 하지만 끝내 꿈 영상을 재생하지는 못했다.

그녀는 밤새 잠들지 못하다 결국 지쳐서 해가 뜰 무렵에야 잠들었다. 쓰러져 잠들었는데도 그녀는 꿈을 꾸었다. 나는 요즘 그녀의 꿈에 쫓기며 산다. 밤이면 내가 대신 깨어 있으면서 그녀를 대신하고 있는 느낌이다.

나는 슈필러 없이도 그녀의 꿈을 볼 수 있기 때문에 의식을 잘 조절해야 한다. 그녀의 모든 것을 훔쳐보는 생활은 싫다. 그러나 오늘 그녀가 꿈을 재생해 본 뒤로는 그녀의 꿈을 조금 훔쳐보기로 한다. 자동으로 시작된 일처럼 느껴진다. 내 의식이 관여한 일 같지 않고, 저절로 되는 일 같아서 당황스럽다. 하지만 멈추지는 않는다. 앞으로 그녀가 어떤 행동을 할지 미리 알 수 있을 것 같아서다.

아침에 눈을 뜨자마자 그녀는 애인을 찾아가기로 한다. 기다리는 일만큼 고통스러운 건 없다는 것을 깨달았다. 평생 해온 일이 아버지를 기다리는 일이었다면, 이제는 무엇도 기다리지 않는 쪽을 선택하기로 했다. 기다리는 건 컵라면의 면이 익기를 기다리는 일이나 달걀이 반숙이 되도록 6분을 기다리는 일 같은 경우에만 해도 된다. 특히나 사람을 기다리는 일은 어느 쪽에게도 이득이 되지 않는 것 같다. 그녀는 생각한다. 타곳은 가만히 있는다.

그녀가 걸을 때마다 머릿속에서 생각이 굴러다닌다. 나는 이리 치이고 저리 치이며, 인간의 몸이 이렇게 빠르게 흔들릴 수 있다는 것을 처음으로 깨닫는다. 그녀는 지금 약간 흥분한 상태로 애인의 작은 방으로 향한다. 애인이 갈 만한 곳은 애인의 작업실뿐이다.

애인은 연락도 없고, 집에 며칠째 들어오지도 않았다. 그녀도 나도 애인이 그 방에서 어떤 시간을 보내고 있는지 모른다. 그녀는 만나자마자 "나도 내 꿈을 봤어."라고 말할지, "왜 우리 집에 안 오는 거야?" 물을지 고민한다. 하지만 지금 그녀의 상태로는 결정을 하지 못한 채 애인을 마주할 것이다. 그리고 대뜸 튀어나오는 말을 먼저 뱉을 것이다.

애인이 퇴근하고 집에 와 있을 시간, 작은 방에 불이 켜져 있다. 그녀가 문을 두드리자 애인이 나온다. 애인이 머쓱한 표정을 지으며, 그녀를 방 안으로 들였다. 그녀는 완전히 안으로 들어가지는 않고, 문 앞에 서서 입 속으로 생각을 굴렸다.

대뜸 튀어나오는 말을 기다린다.

"내 꿈을 봤어. 혹시 당신도 본 거야?"

"미안해."

"사과받고 싶은 건 아니었는데."

"도망가기부터 했으니까 더 미안……."

"응. 그건 사과해야 해."

나는 미래를 볼 수 없지만, 나는 알고 있다. 이 모든 일이 어떻게 돌아갈 것인지를 예상할 수 있다. 그녀의 머릿속에 너무 오랫동안 있었다는 생각이 든다.

"왜 우리 집에 안 와?"

"어떻게 사과해야 할지 모르겠어서."

"그럼 내가 싫어져서는 아닌 거네?"

"그런 게 아니야!"

멍청한 인간들의 대화다. 하지만 조금 사랑스러운 것 같기도 하다. 타곳에게는 마음이 없다고 했는데, 내가 이들을 이해하는 데에는 마음이 필요하다. 사전적 의미로 다가가기에는 그녀의 뇌 속에서 벌어지는 일들이 너무나 복잡하다.

그래서 안심하고 잠들어도 된다고 생각했다. 나는 잠시 그녀에게서 로그아웃해 주기로 한다. 로그아웃, 정확하지 않은 단어지만 그녀가 쓰는 언어 중 가장 가까운 의미 같다.

그녀는 일상을 찾을 수 있을 것이다. 그리고 그것은 꿈과 상관이 없다.

그나저나 배 속에서 꿈틀거리는 것이 무엇인지 궁금하다. 일단은 내가 먼저 찾으러 간다. 그녀가 애인과 대화할 동안 나는 그녀의 몸을 관찰한다. 그것이 마음일지도 모른다고 생각했다.

인간은 오늘 아침 자신이 임신했다는 사실을 깨달았다. 나는 자꾸 토해질 것처럼 어지러웠던 이유를 깨달았다. 두 개의 생물 개체에 기생하는 법은 불가능하다고 배웠던 기억이 났다. 임신은 이들의 종족 번식 방법이다. 번식 중에는 계속해서 이 어지럼증을 견뎌야 할 것이다. 아니면 다른 몸을 찾아서 떠나야 한다.

식물이나 동물에 붙어 있는 방법도 있지만, 그럴 경우, 의식 자체로 옮겨 가는 방법뿐이다. 진짜 문제는 숙주를 완전히 죽이는 방식으로 기생해야 한다는 것이고, 숙주가 쉽게 죽는다는 건 그만큼 자주 이동해야 한다는 의미이기도 하다. 그럴 바에는 타곳인 채로 날아다니는 게 낫다. 선택해야 한다. 위험과 귀찮음 사이에서 나는 어떤 타곳이 될지 선택해야 한다.

최대한 여기서 버텨 보기로 한다. 아기가 있는 자궁 근처로는 더 이상 가지 않는다. 나는 그녀의 뇌 속에서만 살아 보기로 한다. 그동안 그녀의 몸으로 쳤던 장난들은 끝이다. 재밌는 생활이 끝나는 셈이고, 실은 얼마나 위험해질지 모르는 상황인데 그녀의 몸을 떠나기가 싫다.

그녀는 슈필러를 벗으려던 계획을 취소할 생각이다. 임신해 있는 동안의 꿈을 기록해 두면 나중에 아이에게 재밌는 것을 보여 줄 수 있을 것이라는 황당한 생각이다. 뇌에 집중해서 기생하기 시작하자 그녀의 생각이 더 잘 읽혔다. 거의 동시에 의식이 가동되는 느낌이었다. 그럴 리는 없지만, 자연스럽게 하나가 되어 가는 것 같았다.

그녀가 입덧으로 구토할 때마다 뇌의 압력이 강해지는 것을 느낀다. 나는 그때마다 토해지지 않으려고 안간힘을 쓴다. 한 번도 경험하지 않은 상황이기 때문에 나는 그녀만큼이나 당황하고, 임신이라는 것에 익숙해지려고 한다. 그녀는 아이를 낳는 상황을 자주 상상한다. 그때를 대비해서 약을 먹거나 운동을 하거나 공부를 하기도 한다. 그때마다 나는 토해질 것인지, 떠나 줄 것인지, 아니면 다른 방법을 찾을 것인지 고민한다.

그녀를 떠나고 싶지 않다. 다만 그 이유를 모르겠다.

그녀의 애인은 마치 그녀의 임신을 기다렸다는 듯이 빠르게 적응해 나갔다. 그녀의 입덧에 척척 대응했고, 맛있는 음식을 만들어 보겠다며 요리 학원에도 다니기 시작했다. 그녀에게 웃음이 많아졌고, 나는 간지럼을 탈 때가 많아졌다. 타곳은 인간의 몸에 완전히 동화될 수 있는가? 나는 아니라고 알고 있다.

오늘은 그녀의 애인이 퇴근길에 아기용품을 잔뜩 사 들고 돌아왔다.

"오늘 요리 배우러 가는 날 아니었어?"

"맞아. 그런데 아기 신발 보는 순간 눈이 돌아가 버려서."

"아직 아기는 손바닥 크기도 안 됐을 텐데, 벌써부터 이렇게 사 모으기 시작하면 어떡해."

"어쩔 수 없었어. 솔직히 진짜 귀엽지 않아?"

"그건 그래. 진짜 귀엽다."

"결혼 자금은 내가 따로 잘 모은다니까? 그냥 지금은 이런 거 모으는 재미로 살자. 애들 금방금방 커서 이런 것도 다 잠깐이래."

"누가 결혼해 준대?"

"누가 결혼하재?"

둘은 투닥거리며 아기용품을 정리한다. 그녀가 작은 인형을 꺼내 들고 흔든다.

"딸랑이 인형이네?"

"응. 진짜 귀엽지."

"응. 귀엽다. 토끼네."

"애가 생겼으니까 애완 로봇은 필요 없을 것 같고. 이런 토끼 인형은 어때?"

인간의 애인이 토끼 인형을 흔든다. 애인의 손바닥만 한 작은 인형에서 방울 소리가 난다. 나는 이들 사이에서 로그아웃을 하지도 못하고, 그렇다고 여자의 의식을 삼키지도 못하고 어정쩡하게 존재한다. 타곳은 잘못된 선택을 한 것일지도 모른다고 생각한다. 하지만 이제야 행복이 뭔지 알 것 같은데, 생각하면 잘못된 기생 생활은 아니었던 것 같다.

오늘 아기 침대가 들어왔다. 크래들. 요람. 아기 침대. 어떻게 불러도 기분 좋은 것이다. 그녀가 그렇게 생각한다.

몇 달간의 고민이 끝났다.

나는 그녀의 자궁을 향해 달려간다.

나는 그녀가 되고 싶진 않아. 그렇다고 이 몸에서 나가고 싶지도 않아. 정확히는 그녀의 삶에서 사라지고 싶지 않아. 그녀가 사람을 사랑하는 방식이 너무 신기하다. 신기해서 떠날 수 없다. 그러니 나는 자궁으로 향한다.

그녀가 너를 얼마나 사랑하는지 알려 줄게. 네가 그리고 내가 더 사랑받을 수 있게 해 줄게.

"너희 엄마가 너를 얼마나 사랑하는지 알려 줄게."

자궁에 도착하고 난 다음 제일 먼저 그 작은 뇌 속에서 속삭인 말이다. 나는 곧 내 의지를 지울 것이다. 마음으로 도착한 이곳에서 내가 모르는 무엇이 되어 보고 싶다. 이 아이에게 마음으로 남을 것이다. 그것을 사랑이라고 할 수만 있다면 나는 사랑이라고 불러 보고도 싶지만, 그건 저 바깥에 있는 인물들이 해야 할 일이다.

"영아, 너의 첫 번째 인형이야! my first bunny라고 한단다."

"못 듣는 애한테 쫑알거리는 것도 재주다."

"혹시 모르지. 배 속에서 다 알아듣고 있을지도. 이미 귀가 생겼을지도 몰라!"

아직은 손을 뻗을 수 없다. 그녀의 배 위에 작은 토끼 인형이 올려져 있다. 흔들면 딸랑딸랑 소리가 나는.

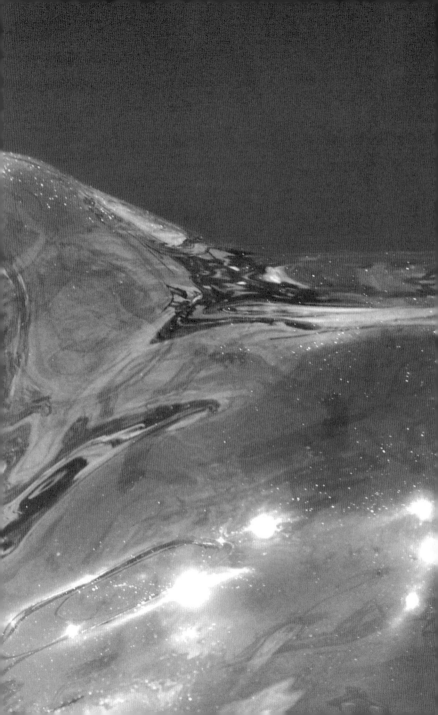

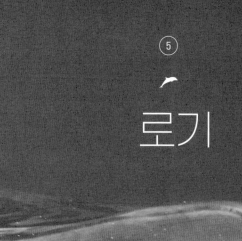

5

로기

로기는 뿌리에 대해 생각했다. 땅속으로 들어가 몸을 지탱해 주는, 걷지 않는 발에 대해 생각했다. 발이라고 불러도 되는지 모르겠지만, 사람들은 종종 뿌리를 발에 비유한다. 그러다가 뿌리가 무엇의 비유가 될 때를 생각했다. 예를 들면 사람들은 삶의 한가운데에서 느닷없이 자신의 뿌리를 궁금해하는 것이다. 사람들은 식물처럼 사는 법이 없으면서 종종 자신의 근원에 대해, 조상에 대해, 가족에 대해 생각했다. 어디서부터 흘러왔는지 영영 알 수 없을 뿌리의 근원, 씨앗에 대해서까지.

로기는 물을 가를 때 사람들의 그런 궁금증이 이해되는 것 같기도 했다. 이 몸은 어디서 온 것일까. 차마 공장에서 기어

나온 것이라고 생각하고 싶진 않았다. 비커나 플라스크에서 헤엄치며 자랐다고도 생각하고 싶지 않았다. 식물도 자신이 샬레에서 시작되었다고 생각하면 끔찍해지는 걸까. 뿌리는 어디에서 시작되든 상관없지 않나? 몸을 옮겨도 장소를 바꿔도 뿌리는 그대로 뿌리로 있으니까 괜찮지 않나? 그런 의미에서 자신의 근원이 정확히 어디라는 것을 짚을 수 있는 건 좋은 일인지도 모른다. 더군다나 근원이 몸의 일부라면, 왠지 안정적일 것 같았다.

그런 의미에서 로기는 이제 식물에 가까워졌는지도 모른다. 이제 다리가 없이도 다리가 느껴지는 것 같다. 물속에서 느낄 수 있었던 몸의 감각을 떠올리면 다시 사람들이 이해되었다. 참방거리는 몸과 주변으로 퍼지는 물, 가르는 대로 갈라졌다가 합쳐지는 물의 표면이 눈에 선했다. 그건 어디로 옮겨 가도 근원을 지니고 있을 수 있는 것과 비슷하지 않을까? 로기는 바뀐 몸으로 침대에 누워서 생각했다. 오히려 몸의 일부를 잃고 가지게 된 감각이라는 점에서 식물과는 또 달랐다.

그게 로기가 다리를 잃고 얻은 몇 가지 중 하나였다.

로기가 다리를 잃은 것은 우주선에서였다. 도킹 문제를 해결하기 위해 분리 구역으로 들어갔다가 사고를 당했다. 우주선 내부에서 공기가 빠져나가고 있었고, 엔지니어는 이미 정신을 잃고 쓰러져 있었다. 로기는 우주선 안에서 중력이 없는 사고 현장을 생생하게 목격하며 인간의 몸도 결국 액체로 이뤄져 있을 뿐이라는 걸 깨달았다. 로기의 피는 둥글게 뭉친 채로 굴러다녔다.

로기가 제2우주시대가 시작되었다는 것을 산책길에 느닷없이 실감했던 것도 비슷했다. 뜬금없이 깨닫는 것, 그것이 진실 혹은 진리일 수 있다는 생각이 들었다. 로기가 강아지풀의 재배에 매달려 있다가 잠시 집 앞 산책을 위해 외출했을 때, 물억새와 같은 식물이 하나도 없는 강가를 걸을 때, 그때였다. 로기가 도망치듯 선택한 이 행성은 더 이상 double L 클래스의 행성이 아니다.

double L 클래스는 인간이 발견하고 감각할 수 있는 거리에 있는 행성 중 정착민이 100명이 넘지 않는 행성의 등급이다. 그 외에도 집단 이주가 시도되지 않은 곳, 인류 문명이 강제로 전이되지 않은 곳, 인간 거주 구역 확인을 받지 못한 곳 등, 쉽게 말해 인간이 살기에는 척박하고 작은 행성이 double L 클래스에 속했다.

그런데 얼마 전부터 하루 평균 300-500명의 생명체가 이곳에 드나들게 되었다. 관광객이라는 이름으로. 로기는 하루 아침에 관광 명소가 된 이곳을 산책하면서, 아, 정말 제2우주

시대가 되었구나 깨닫게 되었다.

제2우주시대라는 것은 넷을 중심으로 사람들이 이야기하는 시대의 흐름 같은 것이다. 여권 없이 다닐 수 있는 행성이 늘어나고, 개인 우주선을 가진 인간들이 몇만을 넘어서고, 인류 드라마가 우주 곳곳으로 송출되고, 우주 기업에 취직하는 것이 당연했던 젊은 세대들이 콘텐츠 사업에 뛰어들고, 지구형 행성에 이주하기보다는 알려지지 않은 행성에 부동산 투자를 하는 등의 현상을 통칭하는 것이다.

얼마 전 우주적으로 인기를 끌고 있다는 한 드라마에 이 행성이 나온 뒤로부터 주민도 별로 없는 행성에 가게가 먼저 들어서기 시작했다. 로기는 갈 일이 없는 식당이나 기념품 가게가 대부분이었다. 드라마에는 흰 돌이 가득한 황무지가 나왔을 뿐이다. 처음에 로기가 이 행성에 도착했을 때도 행성부동산업자가 흰 돌밭을 먼저 소개해 줬다.

"척박해 보이기도 하지만, 한편으론 이색적이죠. 선생님 같은 은둔자에게 딱입니다. 문명의 손길이 닿지 않은 흔적 아니겠습니까?"

그러나 로기의 눈길을 잡아끈 것은 하얀 돌밭 너머에 있는 좁은 강가였다. 폭이 넓지 않았지만 깊이는 꽤 되는 듯 강은 어두운 빛을 띠고 있었다. 수로에 가까운 형태였지만, 그건 분명 강이었다. 끝에서 끝이 보이지 않았다. 상류라고 부를 만한 곳이 어딘지 아냐고 물었을 때, 행성부동산업자는 고개를 옆으로 까딱이며 '관심 없다'는 듯한 뉘앙스를 내비쳤다. '그게 무슨 상관이죠?' 하는 말이 들리는 것 같기도 했다.

이곳이 흰 돌 행성으로 관심을 받게 된 것은 드라마의 주인공들이 처음으로 사랑을 확인하는 장소가 흰 돌밭이었기 때문이다. 그게 다였다. 하지만 사람들은 그게 사랑의 전부인 양, 짝을 지어 몰려들었다. 로기가 드라마 이야기를 알게 된 것은 로기의 재배실에서 얼마 떨어지지 않은 곳에 생긴 햄버거 가게 때문이었다. 햄버거 가게 사장이 먼저 로기의 재배실에 햄버거를 들고 찾아와서는 인사를 하며 이런저런 전망을 밝혔다. 로기는 그때 사장의 말을 새겨듣지 않은 것을 조금 후회했다.

정작 주민인 로기는 알고 있는 게 아무것도 없었다. 흰 돌의 이름이 사화염이라는 것뿐. 그러나 그것도 쓸모없는 정보인 듯했다. 어쩌다 관광객들을 마주쳐도 그들이 흰 돌에 대해 묻거나 이름을 궁금해하지는 않았다.

로기는 처음 행성에 도착했을 때 이름도 없이, 알파벳과 숫자로 코드처럼 불리는 이 땅이 금세 익숙해질 것이라 예감했다. 부동산업자가 말한 것처럼 로기는 은둔자 타입에 가까운지도 몰랐다. 회사에 다니고, 연구를 하고, 우주를 돌아다니는 동안에는 전혀 생각해 보지 못했던 부분. 로기는 하얀 돌밭을 보면서 자신의 '은둔자스러운' 부분을 인식했다. 그때 돌의 이름이 궁금해졌다.

하얀 돌밭 너머 커다란 건물이 세워져 있었다. 흰 돌만큼이나 하얀 건물이었는데, 소행성바이커들의 타깃이 되기 좋아 보였다. 그들은 작은 행성들을 타깃 삼아 건물을 부수거나 불을 지르는 범죄자들이었다. 연구를 위해 우주행을 떠날 때마다 그들과 크고 작은 사고가 있었던 것을 떠올렸다. 그러다 마지막 우주행의 큰 사고를 기억해 냈다. 로기는 고개를 가로저으며 눈을 꾹 감았다 떴다.

건물에 가까이 다가가서 보니 간판은커녕 어떤 글자도 쓰여 있지 않았다. 철책이 세워진 곳이 두세 곳 정도 보였다. 통제구역이라고 쓰여 있지는 않았지만, 사면에 CCTV가 달려 있었다. 가까운 철책에 다가가서 보니 작은 물줄기가 나오는 구멍이 보였다. 강의 수원이라고 생각하기에는 너무 작은 구멍이었다. 그때 건물의 한쪽 문에서 한 사람이 나왔다.

"무슨 일이십니까?"

"아, 이게 뭔가 하고요."

"어디서 오셨습니까?"

그는 약간 경계하는 눈빛으로 물었다.

"얼마 전에 이 행성에 왔습니다."

"아! 강 너머에 이사 오신 그분이군요! 반갑습니다."

로기는 자신에 대해 아는 사람이 있다는 것이 당황스럽기도 하고 두렵기도 해서 자기도 모르게 뒷걸음질을 쳤다.

"과장님께 들었습니다. 원래 생물학자로 KINT연구소에 계셨다면서요?"

"아, 예."

"저희 회사 총무팀이 행성 거주자 등록 관리도 하고 있어서……. 하하."

"그렇군요. 그런데 여긴 뭔데 철책이 둘러져 있죠?"

"저희 연구소에서 요즘 주의 깊게 관찰하는 수원입니다. 사람이 적은 행성이라 올 사람은 없지만 그래도 혹시 몰라 철책을 세워 두었습니다."

"무슨 연구소죠? 어떤 표시도 없더군요."

"여기는 AXB 소속 바다 복원 연구소입니다."

이 황량한 행성에서 바다라니? 이 작은 행성에 바다가 있을 리는 없고, 바다를 복원한다는 말도 이해되지 않았다.

"이곳에 바다가 있나요?"

"이사하신 곳 앞에 흐르는 강을 보셨지요? 그 강물과 사화염을 가지고 연구를 하고 있습니다."

"강으로 바다를 복원하는 연구를 하는 건가요?"

"그래서 핵심은 사화염에 있습니다."

"사화염이 뭔가요?"

한 사람이 바닥에 있는 흰 돌을 주워 들어 내밀었다.

"이 흰 돌이 사화염입니다."

로기는 웬일인지 혼자 신이 나 떠드는 연구자의 이야기를 들었다. 그는 새로운 사람이 온 것만으로도 신나 보였고, 연구자 생활을 했던 로기를 더욱 반기는 느낌이었다. 한동안 서서 그의 말을 듣다 보니 피로가 몰려왔다. 로기는 더 이상 물이 어떻고, 돌이 어떻고, 원소가 어떻고, '화학적으로' 또는 '생물학적으로' 하는 것들을 듣는 게 괴로웠다. 영원히 떠날 수 없는 것이 있는 것 같았다.

어영부영 그와의 대화를 마무리하고 집으로 돌아오는 길에 로기는 강가에 앉아 오랫동안 물 냄새를 맡았다. 물가에서 자라는 식물들을 떠올렸다. 물 위에서 사는 식물들과 달리 버석버석했고, 키가 컸다. 대가 굵은 식물들도 있었다. 새나 작은 들짐승이 숨기 좋은 식물들이었다. 그들은 무엇을 위해 그렇게 몸을 키웠을지 알 수 없었다. 식물의 생장에 누군가를 위하는 마음이라는 게 있을 리 없다.

이곳의 강가는 탁 트여 있어서 누구도 숨을 수 없다. 어떤 식물도 보이지 않아서 기괴하게 보이기까지 했다. 하지만 뛰어들고 싶은 마음만큼은 커졌다. 로기는 이곳의 기이한 단출함이 매력적으로 느껴졌다.

로기는 이 행성의 삭막한 풍경이 마음에 들었고, 주민이 별로 없다는 것도 딱이라고 생각했다. 사람들의 눈을 신경 쓰지 않고 긴 강물을 따라 오래도록 수영을 하고 싶었고, 척박한 땅에서 쓸모없는 식물을 재배하고 싶었다. 돈이 될 리는 없지만 상관없었다. 로기에게는 다리를 잃고 받게 된 보험금이 있었다.

재활을 위해 수영을 시작했을 때 처음에는 물속에서 움직이는 것이 피곤하고 얄궂게 느껴졌다. 사고만 아니었어도 물에서 고생할 필요가 없는데, 하는 마음이 속에서 쿵쿵거렸다. 그러나 이제 수영은 로기의 일부가 되었다. 물이 있는 곳에서 살고 싶어졌다. 그래서 수영을 할 수 있는 깊이의 강이 있는 double L 클래스 행성을 찾았다.

사람이 적은 곳에서 자유롭게 수영을 하면 다리가 자라지는 않아도 빛나는 비늘이 자랄 것 같았다. 몸의 새로운 부분이 생기는 것은 생물학자로서 즐거운 상상이었다. 어떤 생물이든 필요 없는 기관은 없고, 모든 것은 생존과 연결되었다. 로기는 자신의 생존과 연결되는 몸의 구석구석을 생각했다. 사라진 다리 때문에 생존이 끝나지는 않았으므로 고개를 갸우뚱했다.

이 행성으로 이주하면서 로기는 일하지 않기로 했다. 생물학자로 일을 하는 시간이 싫었던 것은 아니다. 지금의 몸으로 보는 세상이 바뀌었을 뿐이다. 먹고 먹히는 생물의 세계에서 벗어나서 로기는 유유자적 수영하는 몸이 되고 싶었다.

외계 생물을 연구하게 된 것은 다양한 생물 종을 보고 싶어서였는데, 회사에서는 인간이 식량으로 삼을 수 있는 생물을 찾는 일만을 요구했다. 로기는 신이 아니었으므로 '너희는 이것을 먹고 살을 찌우라' 말할 수 없었다.

연구소를 떠난 뒤부터 로기는 식품성이 떨어지는 식물에 매력을 느꼈다. 먹히지 않아도 되니 얼마나 다행이냐는 마음에 가까웠다. 그냥 가만히 서 있으면 그만이잖아, 하는 마음. 대체로 독이 있는 풀이나 꽃이 고고하게 서 있었다. 그들은 화려한 얼굴로 사람들에게 손짓했다. 우주에 있는 식물들은 대체로 동물과 비슷할 정도로 적극적인 생존 능력을 발휘했다. 뜨거울수록 단단해지는 껍질과 200℃가 넘어야 터지는 씨방. 거친 폭우에만 튀어 오르는 씨앗과 곤충보다 강한 날개를 가진 씨앗. 가는 줄기로는 버틸 수 없을 정도로 무거워지는 꽃과 최대한 멀리 굴러가 쩍 갈라지는 열매까지. 지구에서도 보았던 식물의 힘은 우주에서 더 경이롭게 발달해 있었다.

그런 강한 식물을 키우고 싶지는 않았다. 그들은 알아서 이 우주의 혼돈과 인간의 침범을 이겨 낼 것이다. 그래서 어린 시절 하굣길에 뽑아 들곤 했던 강아지풀을 생각해 냈다. 학명 Setaria viridis, 벼과에 속하지만 아무도 먹지 않는 풀. 이삭이 강아지 꼬리를 닮아서 강아지풀이라고 불리는 잡초. 어떤 나라에서는 여우 꼬리를 닮아 green foxtail, wild foxtail millet으로 부르기도 한다. 그래 봐야 강아지풀은 강아지풀이었다. 눈을 감고 살살 만져 나가면 동물의 털처럼 느껴져서 포근함마저 느끼게 하는 추억의 풀이다.

강아지풀은 아무도 돌보지 않는 공터에서도 자라고, 보도블록 틈에서도 빼꼼 자란다. 들판에서도 중심을 차지하지 않고 가장자리에서 길게 자랐고, 철도 틈에서 자라기도 했다. 특별한 재주 없이 끊임없이 발견되는 강아지풀이 계속 생각이 났다. 귀엽고 특별한 생김새와 달리 왕성한 번식력으로 자라기만 했다. 강아지풀에 대해 알아보니 햇빛이 좋고 배수가 잘되는 곳이면 그만이라는 아주 단순한 설명이 다였다.

먹자면 먹을 수도 있지 않을까? 생각했지만 로기는 그런 짓은 하지 않기로 했다. 먹지 못하고 바라보기만 해야 하는 식물을 계속 만들어 내는 일은 왠지 위로가 되었다. 로기는 그게 신의 심정일 수도 있지 않나 생각했다.

요즘 로기는 강에서 수영하던 시간을 줄이고, 산책하는 시간을 늘렸다. 시원하게 웃통을 벗고 수영을 하기에는 사람들이 너무 많아졌다. 한번은 의족을 풀어 놓고 강물에 뛰어들었다가 사람들이 로기를 구하겠다고 뛰어드는 낯뜨거운 일도 발생했다. 로기가 아무리 수영을 잘한다고 우겨 봤자 불쌍한 눈빛이 돌아올 뿐이었다. 로기는 이미 물고기와 비슷한 몸을 가지고 있는데도 말이다.

산책을 하다 기념품 가게에서 '다수린의 돌'로 만든 목걸이나 팔찌가 팔리는 것을 보게 되었다. 사람들이 사화염을 '다수린의 돌'이라고 부른다는 것을 알게 되었다. 이번에는 기념품 가게 사장이 흰 돌이 왜 '다수린의 돌'이 되었는지를 알려 주었다. 이곳에서 사랑이 이뤄졌다는 드라마 속 커플이 '다수린'이란다. '다흐니엘'과 '수린'이라는 주인공들의 이름을 합쳐 만든 커플 이름이라나. 그래서 사화염은 더 이상 사화염이 아니라 사랑을 이뤄 주는 하얀 돌 '다수린의 돌'이 된 것이다.

다수린의 돌이 나오는 드라마는 평범한 인류 스타일의 로맨스 드라마에 지나지 않는다. 인류는 사랑 이야기에 환호하는 경향이 있었으므로. 왜인지는 알 수 없지만, 이 드라마는 인간들이 거주하는 행성에 국한되지 않고 수많은 외계로 송출되었다.

로기는 자신만 모르는 어떤 매력이 있는 건 아닐까 싶어 드라마를 찾아보았다. 하지만 2화를 다 보지 못하고 포기해 버렸다. 로기는 자신이 '연애' 따위와 거리가 먼 사람이라는 것은 잘 알고 있었지만, 드라마를 보는 내내 자신의 정신에 문제가 있는 것은 아닌가 의심하게 되었다. 인간이라면 공감을, 적어도 이해를 할 수 있어야 하는데, 자신은 그게 되지 않는 것 같아서 마음이 불편했다. 로봇도 아닌데 왜 저들의 말랑말랑한 감정을 이해하지 못하지? 다리를 잃으면서 마음의 어떤 부분도 잃어버린 것은 아닌가 하는 우스운 상상도 했다. 하지만 두 다리로 외계 식물을 찾아 걸어 다녔던 그때에도 사랑이니 애정이니 하는 것들은 중요하지 않았다는 것을 기억해 냈다.

다흐니엘과 수린이 두 번째로 우연히 마주치고 인사하며 웃음 짓는 장면에서 로기는 영상을 멈췄다. 소파 옆 테이블에 손을 뻗어 맥주를 집어 들었다. 맥주가 꽤 남아 있었는지 캔이 묵직했다. 한 모금 맥주를 넘겼는데, 기분 나쁜 트림이 부욱 올라왔다. 남은 맥주도 치워 버리고 모니터를 꺼 버렸다. 온몸이 거북했다. 벅벅 긁을 다리가 없다는 게 아쉬웠다.

사람들은 로기의 행성에서 드라마의 장면들을 찾아다녔

다. 그 장면 속에 같이 있다는 느낌을 받고 싶은 것 같았다. 다흐니엘이나 수린이 된 감상에 젖어 보기도 하고, 그들과 같은 아름다운 사랑을 할 수 있길 빌기도 하고. 그리고 화면이라서 예쁘게 담겼을 이 황량한 풍경의 한 부분으로 남으려는 것이구나, 로기는 추측했다. 우스웠다. 어린아이의 손에 쥐어진 레고처럼 정신없이 움직이는 사람들의 모습이 멍청해 보였다.

사람들은 어디에서든 사진을 찍었다. 심지어는 로기의 집 근처에서도 사진을 찍고 있었다. 그리고 흰 돌을 강에 던지거나 돌탑을 쌓았다. 아름답고 영원한 사랑을 염원하며. 혹은 무엇인가가 이뤄지기를 바라며. 자연물에 기대는 인간의 원초적인 기원 신앙? 아니다. 모든 것이 상징일 뿐이다. 로기는 그들을 보며 '진심으로 하는 일인가?' 의문이 생겼다.

가만히 흰 돌을 들여다보는 사람은 없었다. 로기에게는 그런 것이 진심이었다.

사화염은 관광객들에게 사랑을 상징하는 특별한 존재였다. 바다를 복원하는 학자들에게는 바다의 구성요소와 환경을 추측할 수 있게 하는 좋은 재료일 것이다. 로기에게 흰 돌은 흰 돌일 뿐이다. 백석이라 불러도 그만이고, 하얀 돌멩이라 불러도 그만이다. 실은 자신의 다리가 그랬던 게 아닐까. 로기는 제법 높게 쌓은 돌탑 앞에 섰다. 이 정도였나? 다리 길이가 이 정도 되지 않았을까 생각하며 팔을 뻗어 높이를 재 보았다. 손바닥은 가슴팍에서 멈췄다.

KINT로 이직을 하고, 우주 생물 연구원으로 우주선에 오르게 됐을 때, 로기는 산호를 생각했다. 식물이라고들 착각하는 동물. 바닷속에서 영원히 썩지 않을 것처럼 부드럽게 춤추는 산호. 우주인들은 끝이 보이지 않는, 어쩌면 끝이 없을지도 모르는 우주에서 흐느적흐느적 떠다니거나 특정 행성에 발을 디뎌 조심스럽게 움직인다. 게다가 깊은 바닷속에서 햇빛을 쬐고 산소를 공급받아야 하는 산호를 떠올리면 산소통을 메고 산소가 없는 우주를 헤엄치는 우주인들이 뒤이어 떠올랐다.

로기는 깊은 바닷속에 직접 들어가 본 적은 없지만, 산호가 가득한 바다 영상은 즐겨 봤다. 주로 자연보호와 관련된 다큐멘터리나 공영방송에서 나오는 영상이었다. 스무 번째 우주행을 위해 우주선에 올랐을 때, 로기는 다큐멘터리에서 봤던 산호가 하얗게 탈색된 장면을 기억해 냈다. 그것은 생물로 보이지 않았다. 난파선에서 떨어져 나간 구조물처럼 보였고, 폐기된 시멘트 덩어리처럼 보였다. 쓰레기에서 옮아온 병균으로 산호가 딱딱해지고 하얗게 탈색되면서 바닷속은 알록달록한 빛깔을 잃어버렸다. 산호의 폴립에 있어야 할 공생 조류들도 사라졌다. 산호는 움직이지 못한 채 그 자리에서 죽어 가고 있었다. 로기는 그런 장면들을 보는 게 힘겨워 자연 다큐멘터리를 몇 번씩 멈추며 보곤 했다.

하반신을 잃고 건강을 위해 시작한 수영은 어느 순간 생명 유지 장치처럼 느껴졌다. 헤엄치지 않으면 몸이 느껴지지 않는 것 같았다. 산호가 백화현상으로 죽어 가듯이, 로기는 헤엄을 쳐야 제 색을 잃지 않는 것 같았다. 더 일찍 수영을 배울걸. 그래서 아주 먼 바다로 나가 볼걸. 아주 깊은 바다에서 직접 산호를 찾아볼걸. 로기는 후회하기도 했다. 이제 빛나는 산호가 있는 바다도, 로기의 다리도 없다.

물을 가르는 수영은 중력이 없는 우주선에서 유영하는 일과는 완전히 달랐다. 우주에서의 유영은 몸의 각 부분이 생생하게 느껴지지 않았지만, 두 다리로 수영을 하는 것은 아주 달랐을 것이다. 숨이 차고, 근육에 통증이 느껴지고, 두 팔과 다리가 무거워지고. 그렇게 몸을 느꼈어야 했다. 다리는 분명히 있었다. 뿌리라는 건 그런 것일지도 모른다. 어느 순간 아, 있었지, 아주 단단하게 있었지, 깨닫게 되는 것.

쓸모없는 식물이라는 게 있나? 요즘 로기는 그 질문을 다시 생각해 본다. 밥을 먹다가도 산책을 하다가도 '쓸모없다'고 생각하는 식물의 기준은 무엇이지? 단순히 인간이 섭취할 수 없는 것? 하지만 그게 다가 아니다. 상징. '쓸모없음'이라는 상징.

지금까지 나열할 수 있었던 수많은 이유는 다리가 달린 듯 모두 도망쳐 사라지고 말았다. '자세하게'라고 말할 수는 없지만, 분명 손가락을 꼽아 가며 말할 수 있었던 것들이 있었다. 사랑도 그랬는지 모른다. 사람들이 환호한 다흐니엘과 수린의 사랑, 사랑의 증명이 된 하얀 돌, 사고 이후 사라진 친구들과 새로 생긴 친구들. 그 모든 것을 사랑이라고 부르면 이상했다.

　　로기는 자기가 하지 않은 일에 대해 설명해야 하는 압박감을 느꼈다. 다리를 잃고, 이전의 생활을 잃는 사건은 로기가 하지 않은 일이면서 동시에 로기가 한 일이었다. 시간이 지날수록 다리가 없다는 사실에 익숙해지지 않았다. 오히려 더 자주 다리를 생각했다. 사고 전에는 어땠지? 로기는 똑바로 서서 땅을 딛고 있다는 발바닥의 감각에 집중해 본 적이 없다. 앉아서는 더욱 그랬다.

　　사고 이후 연구소에서 연결해 준 상담소에서는 불안할 때 몸의 감각에 집중하라고 했다. "의자에 잘 붙어 있는 엉덩이의 감각에 집중해 보세요. 팔걸이에 올려놓은 손바닥은 어떤 것을 느끼나요? 코팅된 나무는 약간 차갑고, 딱딱하죠? 그 느낌에 집중해 보세요."

　　그러나 만약 다리가 있었다면 "바닥에 닿은 발바닥을 잘 감각하세요."라고 말했을 것이다.

"괜찮습니다. 바닥에 발이 잘 붙어 있죠. 안심해도 된다는 신호를 몸 전체로 보내세요. 이제 발을 조금 움직여 볼까요? 좋습니다."

상담은 그런 식으로 이어졌을 것이다. 하지만 로기는 엉덩이의 감각에, 손바닥의 감각에 집중해야 한다. 그것도 잘 되지 않으면 푹신한 소파에 푹 잠긴 등의 어설픈 감각에 집중해야 한다.

상담소에서는 불안이나 우울 같은 걸 주로 다뤘는데, 사실 로기가 느끼기에는 그런 건 큰 문제가 아니다. 살기 좋은 곳을 찾았고, 수영이라는 꾸준한 취미도 있다. 문제를 찾자면 관광객이 늘어난 것이다. 그들이 이 행성에 몰려오기 시작하면서부터 로기는 알 수 없는 감정의 폭풍이 몰려올 때가 있다. 불안이나 우울처럼 분명한 이름이 있는 덩어리가 아니었다. 로맨스 드라마에 빠져 촬영 장소까지 찾아오는 말랑말랑한 설렘의 감정이 이해되지 않아 자신이 로봇처럼 느껴질 때가 있는 반면, 짜증과 울분, 굳이 이름을 찾자면 그런 감정들이 마구 몰아칠 때가 있다.

로기는 쉽게 흥분하지 않는 방법을 찾아보려고 했다. 하지만 무엇에 흥분했는지조차 모르기 때문에 방법을 찾을 수 없었다. 그래서 물에 뛰어들고 싶었고, 그래서 강아지풀의 부드러운 이삭 털을 만지고 싶었다. 차분해지려고 노력하지 않아도 저절로 차분해지는 방법이 있었다. 그러나 지금 로기는 시끄러운 관광객들 때문에 그런 일들을 하지 못하고 있어 고장 나고 있는 것이다. 그나마 그럴듯한 유추였다.

로기는 얼마 전에 카페 사장이 주고 간 다수린의 돌 상품을 살펴보았다. 제법 괜찮은 것도 있었고, 허접하고 조악한 것도 있었다. 땅에도 주인이 있으니 하얀 돌에도 주인이 있지 않을까? 그러다 문득 사화염으로 바다 복원 연구를 하고 있는 사람들이 떠올랐다. 그들에게는 이게 그냥 팔찌나 장식 고리로 만들어져 사라져도 되는 돌이 아닐 텐데, 그들은 지금 이 상황을 어떻게 대처하고 있을까. 회사 차원에서 무언가를 준비하겠지? 연구원으로 일했을 때가 떠올랐다. 하얀 연구실에 전신을 덮는 연구복을 입고 출퇴근하는 일상을 몇 살까지 할 수 있을까 생각하곤 했다. 출근 카드를 찍을 때도, 퇴근 카드를 찍을 때도 이 생활을 영원히 할 자신이 없었다.

그래서 우주로 떠났던 것이다. 그 프로젝트는 로기에게는 탈출이었고 새로운 세계로 나가는 문이었다. 문을 여는 일이 설레기는 오랜만이었다. 그래서 사고 같은 건 염려하지 않았다. 당연히 쉽지 않을 것이라 생각했지만, 설마 몸을 잃게 될 것이라고는 생각하지 못했다. 로기는 그저 우주 생물학자였을 뿐이다. 로기는 기념품을 만지면서 산책을 했다. 흰 돌을 다루고 있을 연구원들이 떠올라서 강 건너편 연구소를 바라보았다. 그들도 전신을 뒤덮는 옷을 입고 일할까. 카드를 찍고 드나드는 구역들은 어떨까. 위험하지는 않을까. 로기는 가끔 전혀 예상하지 못한 식물에 물리거나 쏘이기도 했다. 그런 날은 생기가 돌았다. 하지만 이내 생각을 멈췄다. 이 하얀 돌에는 무슨 힘이 있는 걸까. 힘 따위 없을 수도 있지 않나. 하지만 연구자에게는 힘이 아니라 원소가 중요하다. 그것이 무엇이 될 수 있느냐, 가능성을 증명하는 것이 실험이었다.

로기는 행성에 대해 아는 게 별로 없다는 생각을 했다. 주소로 쓰고 있는 행성 넘버는 알고 있지만, 외부에서 달리 부르는 이름이 있는지도 모른다. 자신이 계약을 했던 집의 전 주인 이름도 기억나지 않는다. 그때 행성부동산업자가 뭔가 말했던 것 같은데. 그의 직업이 뭐였고, 어떤 이유로 이 집을 팔고, 이 땅을 팔기로 했다고. 하지만 로기는 기억이 나지 않았다.

강가에 서 있는 이층집이었다. 현관에는 턱이 없었고, 대신 양옆으로 한 단 높은 테라스 공간이 있었다. 로기는 전에 살던 사람이 두고 간 벤치를 그대로 두었다. 로기는 해가 질 무렵이나 아주 이른 아침에 그 벤치에 앉아 있는 것을 좋아했다. 강가에서 올라오는 얕은 안개가 좋았다. 그 안개 뒤에 무언가가 있는 것을 상상했다. 예를 들면 지구의 개구리를 닮은 작은 양서류 같은 게 조용히 숨어 있다거나 하는. 그곳에 강아지풀을 심으면 어떨까 상상해 보기도 했지만, 어떤 식물도 자라지 않아 황량한 강가를 그대로 오랫동안 바라보고 싶었다. 그리고 가끔은 그 물에 무작정 뛰어들어 오랫동안 헤엄치고 싶었다.

이게 다 마음대로 수영할 수 없게 되어서다. 짐작보다는 확신에 가까웠다. 쓸데없는 관광객들이 나타나서 하반신이 없는 로기를 물에서 건져 내고, 안쓰럽게 바라보고 하는 일들이 모두 기분 나빴다. 도움을 구한 적이 없는데 사람들은 선의랍시고 로기를 자꾸 건져 내려고 했다. 로기의 비싼 로봇 다리가 있는데도 그들의 눈에는 몸의 반이 없는 인간이 물속에 있었을 뿐이다. 자신의 헤엄이 아름다우리라고 생각했던 것은 아니지만, 이건 너무하지 않나. 없는 발로 누구든 걷어차고 싶었다.

로기는 최첨단 기술로 멋지게 만들어진 로봇 다리를 바라보았다. 이깟 거. 그래, 이 다리를 차고 헤엄치면 아무도 구하려 들지 않을까? 하지만 그건 로기가 원하는 수영이 아니다. 어떻게 해야 사람들의 관심으로부터 탈출할 수 있을까 머리를 굴려 봤지만 답이 나오지 않았다. 어서 사람들이 사라져 주었으면 좋겠다. 여긴 일부러 찾아온 double L 클래스 행성이다. 강가 식물 외에도 개구리나 작은 곤충도 잘 보이지 않는 조용한 행성. 이런 곳에 인간이 몰려들다니 끔찍한 반칙이다.

로기의 저주 때문인지 관광객이 급격히 줄어드는 게 느껴졌다. 새로운 계절이 한 번도 제대로 지나가지 않았는데, 사람들이 먼저 빠졌다. 사람들은 새로운 드라마에 빠졌고, 새로운 로맨스에 빠졌다. 이 행성의 새하얀 풍경 때문에 그래도 꽤 오랫동안 사람이 올 것이라 생각했던 사업가들의 표정이 어두워졌다. 로기가 이사 오기 전부터 있었던 가게들을 제외하고 새로 열었던 가게들이 하나둘 '임대' 표시를 달아 둔 채로 짐을 뺐다. 어떤 날은 이삿짐 우주선이 세 번이나 왔다 갔다.

그들이 빠져나가는 모습을 보면서 로기는 괜한 죄책감을 가졌다. 자신이 잘못한 게 아닌 걸 알면서도 이상하게 자신을 탓하게 되었다. 그리고 한 가지 새로운 것을 알게 되었다. 사람이 원래 없던 곳과 사람이 들었다 난 자리는 차이가 난다는 것을. 사람들이 빠져나가고 나니 로기의 하얀 행성은 폐공장처럼 지저분하고 흐릿해졌다.

흰 돌의 행성이 아니라 먼지의 행성이 된 것 같았다. 있던 것이 사라지는 건 먼지가 흩날리는 장면처럼 외롭고 더럽고 서러운 것이었다. 로기는 마지막 상담 날짜를 계산해 보았다. 자신의 빈 다리와 최첨단 다리를 비교해 보았다. 자유롭게 헤엄치던 자신과 사람들이 끌어내던 자신의 몸을 생각했다. 그리고 하얀 연구복을 떠올렸다. 계속 입을 수도 있었지만 끝내 자신이 벗어 두고 온 그것을 떠올리니 기분이 너무 이상해졌다. 속이 울렁거렸다. 로기는 한동안 테라스에 나가지 않았다.

생명체가, 무엇보다도 인간이 거의 없는 이 행성이 마음에 들었다. 그런데 이렇게 먼지가 날리고 빈집을 알리는 종이가 흩날리는 동네는 싫다. 로기는 자신의 변덕이 이해되지 않았다. 다음 상담까지 기다려야 하는 게 화가 났다. 사고 당시보다 사고 후가 더 끔찍했다. 고통은 길기만 했다. 사람들이 오갔던 병실도 싫었고, 화면에 자꾸 나왔던 사고 현장도 싫었다. 그곳에서 죽은 사람의 이름을 기억하고 싶지 않았고, 숨 막힐 정도로 강했던 압력도 기억하고 싶지 않았다.

하지만 사람들은 한동안 살아남은 로기를 열심히 괴롭혔다. 그들도 어쩔 수 없는 일을 하는 것일 뿐이었겠지만, 로기는 자신도 반은 죽은 것이라 생각하며 화가 났다. 죽은 사람에게 이렇게 해도 되는 겁니까. 안식을 줘야 하는 거예요. 그때마다 로기는 자신의 묘비를 상상하곤 했다. R.I.P. 딱 세 글자만 적어 둘 것이다. 'Rest In Peace' 제발 쉴 수 있도록 내버려

두십시오. 원래 단어의 느낌은 그런 것이 아니겠지만, 로기의 목소리로 말하자면 그랬다. 하지만 병실에 아무도 찾아오지 않는 날은 허무했다.

쓸모없는 강아지풀을 바라보며 살기로 결정한 것에는 특별한 이유가 없었다. 이유 없는 행동은 없다고 상담사가 말했지만, 이유 없는 병도 이유 없는 사고도 있는 세상에 이유 없는 마음 하나쯤이야 싶었다. 쏟아졌던 관심으로부터 도망치고 싶었던 것도 맞다. 그 이후에 허무함과 공허함도 컸다. 있던 다리가 사라진 것과는 다른 상실감이었다. 단순히 이전과 같은 생활로 돌아갈 수 없다는 것을 의미하는 게 아니다. 로기는 다리가 있었던 생활로 돌아갈 수 없다는 것 그 이상, 예전의 자신과 지금의 자신이 절대 같을 수 없다는 사실, 그것을 받아들이는 데 오랜 시간이 걸리지 않았다. 같은 생각도, 같은 행동도 없다. 주사약을 갈아 주는 간호사에게 그게 좋은 거냐고 물었더니 그냥 웃기만 했다.

"뭐든 빨리 회복되면 좋지요."

오히려 지나가던 환자가 대답해 주었다. 그날 강아지풀이 생각났다. 부드러운 털을 만지다가 이삭을 한 알씩 뽑았다가 이건 왜 밥이 될 수 없지? 생각하면서 이삭을 던져 버렸던 어린 날의 풍경이 떠올랐다. 그래서 강아지풀을 키워야지 생각했다. 더 이상 쓸모있는 연구는 하지 않겠다고 로기는 굳게 다짐했다. 쓸모있는 것은 없다고 생각했던 것도 같다. 극단적으로 삶의 모든 부분을 무가치하게 여기는, 사고를 당한 자라면 누구나 겪을 만한 시점이었을지도 모른다. 어쨌든 로기는 강아지풀을 생각했다. 그리고 흰 돌 행성을 찾았다.

바다를 복원하는 자들이 조용히 지키고 있었을 행성이 다수린의 팬들로 가득 찼다. 그리고 순식간에 빠져나갔다. 사람들은 더 이상 다수린의 행성을, 다수린을 찾지 않게 될 것이다.

그 사이에는 로기가 있었다. 바다를 복원하려는 사람들과 다수린의 팬 사이에 다리를 잃은 로기가 흰 돌 행성에 왔다. 쓸모없는 강아지풀을 기르기 위해서. 뿌리에 대해 생각하기 위해서. 사람들이 떠나고 없는 행성에서 허무해지기 위해서. 있던 다리가 자라나는 환상에 깜짝 놀라 깨기 위해서. 낡은 벤치에 앉아 물안개가 피어오르는 시간을 맞이하기 위해서. 이전으로 돌아갈 수 없어서 계속 살아가게 되는 것을 깨닫기 위해서.

로기는 흰 돌의 행성에서 편안히 쉬는 것을 선택했다. 로기는 어떤 생명체든 살아 있는 동안에는 편안히 쉴 수 없다는 것을 깨달았다.

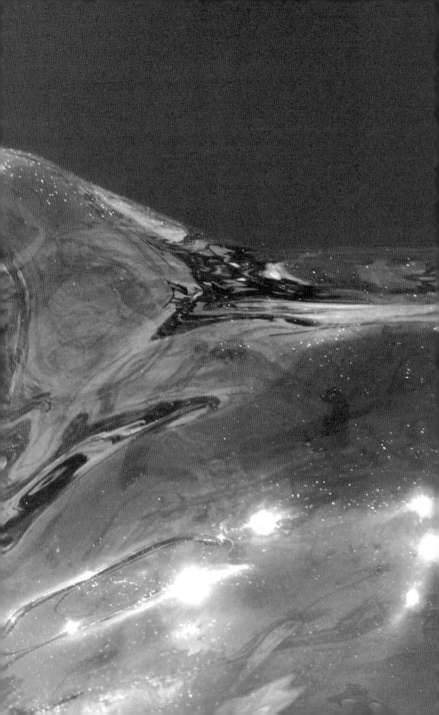

외계인이
냉장고를 여는 법

아이는 equal이라는 단어를 좋아한다. 기분? 느낌? 좋은 것에 대해서는 정확하게 말하고 싶지만, 아이에게 언어는 너무 어렵다. 그림처럼 그냥 예뻐서 좋아하고 싶다.

"e 다음에 q, q 다음에 u와 a, 그리고 l로 끝나는 단어. 예뻐."

아이는 손으로 'equal' 글자를 쓰고 좋아한다. 무슨 이유에서인지는 모른다. 그냥 기분이 좋아지는 모양이다. 그래서 아이는 사인할 때 이름 대신 equal을 흘려 쓴다. 그래서인지 강아지 인형에도 이퀄이라는 이름을 붙여 줬다. 아이는 강아지이고 싶었다. 강아지는 아주 신기한 동물이다. 아이에게 신기한 건 좋은 것이다. 아이는 좋은 것이 되고 싶다. 그러나 아이는 강아지가 될 수 없었다.

아이는 어느 해 여름 내내 동네 고양이들을 관찰했다. 학교에 다녀오는 길에 시작된 고양이 탐구는 해가 질 때까지 이어졌다. 여름은 해가 길었고, 하루가 길었고, 그럴수록 아이는 집에 있는 시간이 줄었다. 가끔 골목길을 헤집고 다녀서 아이를 겨우 찾아와야 할 때도 있었다. 그런 날엔 고양이들이 모여 있는 풀숲이나 쓰레기장 옆에 고양이들처럼 누워서 뒹굴고 있었다. 땀에 젖은 옷에서는 땀 냄새 대신 흙먼지 냄새가 났다. 그리고 또 가끔, 아이는 더러워진 옷을 안고 뒹굴었다. 빨래 통에 넣자고 해도, 억지로 빼앗으려 해도 절대 내주지 않았다. 익숙해지려고 노력해도 익숙해지지 않아서 자꾸 언성이 높아졌다. 아이와 함께 사는 이들도 그해 여름은 유난히 짜증 나고 길었다.

아이는 말이 적었다. 그리고 키가 작았다. 아이는 다섯 살이 될 수도 있고, 서른 살이 될 수도 있다. 그건 아이가 아름답다는 뜻이다. 여기는 전쟁터라는 뜻이다.

아이는 일곱 살이 되어서야 말을 했다. 말을 배우기 시작한 때는 아무도 모른다. 아이는 7년 동안 말을 하지 않았을 뿐이다. 나도 아이도 서로에 대해 아는 게 적었지만, 그렇다고 해서 우리 사이가 나쁜 것은 아니었다. 우리가 있는 전쟁터에는 폭탄이, 총알이 날아다녔다. 녹슨 칼끝이 박혀 병균에 감염되거나 상처가 아물기도 전에 또 찢어지기도 했다. 하지만 우리는 같이 행동할 수 있었고, 그래서 안전한 편이었다. 다른 전쟁터의 사람들과 달리, 우리는 함께 폭탄을 터뜨리고, 칼을 날렸다. 그리고 주변이 조용해지면 같이 누워 잠을 잤다.

때로는 냉장고 문을 여닫는 일로도 언성을 높였고, 강아지 인형을 세탁하려다 아이에게 물리기도 했다. 아이는 강아지 인형을 인형이라고 생각하지 않는 것 같았다. 어떻게 저 무서운 기계에 넣고 돌리려는 거냐고 악을 썼다. 아이는 좋아하는 단어를 지키기 위해 말을 반복했다. 나는 낙담하지 않으려고 아이를 따라 했다. 아이는 나의 멍청한 짓을 보며 배를 때리며 자지러지기도 했고, 전혀 관심이 없다는 듯 무시하기도 했다.

우리는 이 짓을 20년 넘게 하면서도 여전히 서로를 이해하지 못한다.

내가 낳은 이 아이를 외계인이라고 믿는다. 아이에게 내가 외계인이라는 것도 인정한다. 어디로부터 온 외계인인가? 어쨌든 외계인이기 때문에 결국 우리는 같을지도 모른다고 생각한다. 그러면 모든 게 수월해질 것 같아서 우리는 서로를 1, 2, 3, 4 숫자로 부른다. 아이는 0이다. 나는 아이에게 외계인 1이다. 아이는 자신만 다른 은하에 있는 것처럼 행동했다. 외계인 0과 외계인 1이 그렇게 다른가?

오늘은 아이가 다녔던 학교에서 동창회가 열렸다. 아이들의 동창회였지만 보호자들이 서로를 기억하고 먼저 인사했다. 아이들은 서로에게 관심이 없지만, 가끔 낯설지 않다는 듯 배시시 웃기도 한다. 아이를 기억하는 사람도 있었지만, 아이는 관심이 없다. 아이는 여전히 키가 작고, 말이 적고, 사람을 쳐다보지 않는다. 동창회에 참석한 다른 친구들과는 확연히 다르다. 아이는 여기에서도 외계인이다.

아이는 1년 전부터 독립해서 따로 살고 있다. 집에서 프리랜서로 일하면서 돈을 벌고 있다. 그림을 그리는 일인데, 보통은 사람들이 요청한 캐릭터로 스핀오프 이야기를 만들어 동인잡지를 만들어 주는 것이다. 아이는 사람보다는 이야기 속의 캐릭터에 관심을 가졌다. 새로운 그림을 그리는 것은 거의 볼 수 없었지만, 이미 있는 그림은 복사기처럼 똑같이 그려 내 신기했다. 중요한 건 똑같은 캐릭터지만 매번 새로운 이야기 속에 캐릭터를 가져다 놓는 것이다. 어쨌든 아이는 자신의 능력으로 지구에서 먹고살게 되었다.

평생 같은 전쟁터에서 살던 아이를 다른 곳으로 보내는 일은 쉽지 않았다. 그러나 아이를 다시 만날 때마다 기쁠 수도 있다는 2의 말에 동의했다. 외계인 2는 내 파트너고, 0과는 혈연관계가 아니다. 이곳에서 얼마 멀지 않은 저곳에 아이가 있다. 그렇게 생각하기로 했다.

어느 해 가을, 아이는 창밖을 내다보고 있었다. 드디어 아이가 세상을 볼 수 있게 된 것일까. 아이는 창가에 앉아 있을 뿐이다. 왼손을 꼼지락거리며. 아이는 일곱 살 여름부터 몇 가지 단어를 말하기 시작했다. 하지만 여전히 대화는 하려고 하지 않는다. 무엇을 세고 있냐고 물어도 아이는 대답이 없었다. 그래도 혼자 중얼거리는 소리가 잦아졌고, 자지러지듯 질러 대던 괴성은 줄었다. 아이가 중얼거리는 소리에 귀를 기울여 보면 도로 번호와 버스 번호를 짝 맞추고 있다. 정작 밖에 달리고 있는 버스에 대해서는 신경 쓰지 않는다. 아이는 멀리 있는 새로운 것을 보지 않는다.

하지만 아이는 누구보다도 많은 것을 본다. 아이는 대체로 양극단의 상태. 너무 행복한 상태이거나 행복과 아주 먼 곳에 있거나. 아이가 좋아하는 버스는 1100번이다. 이런 건 잘 잊히지 않는다.

아이는 걸어가다가 동물의 배설물을 찾으면 무릎을 구부리고 앉아 가만히 바라본다.

"산책을 할 땐 땅바닥을 보는 게 아니라 앞을 보는 거야. 나무도 보고, 꽃도 보고, 하늘도 보고. 숨을 깊게 들이마셔 봐. 오늘 밤하늘에는 어떤 별자리가 잘 보이는지도 보고."

아이는 말이 없다. 지금 아이는 이곳에 없다. 굽어 있는 작은 등을 바라보고 있자, 뒤늦게 대답이 돌아온다.

"다 봤어요."

개미들이 이파리를 이고 가고 있었다. 아이는 무슨 일인가 싶다. 학교에서 가르쳐 주지 않는 것들이 땅바닥에서 굴러다녔다. 아이는 바닥에서 그런 걸 줍는 것을 좋아했다. 하지만 바닥을 보는 아이는 언제나 벽에 밀쳐지거나 옥상으로 밀려나야 했다. 아이가 맞고 오면 속상했고, 한편으로는 우리의 정체가 들켰나 겁이 났다. 아이의 아픔만 온전히 생각하지 못하는 내 자신이 혐오스러웠다.

아이는 어쩔 수 없는 게 있다는 걸 아는 듯했다. 사람들은 아이에게 표정 말고도 많은 게 없다는 걸 너무 쉽게 말하곤 했다. 사람들은 멍청해서 아무것도 모른다. 아이는 모든 걸 알고 있다. 나는 그래서 비열하게 모르는 척하는 것이다. 나는 우리의 정체도, 아이의 정체도 무섭다.

아이가 무섭게 느껴지지 않을 때는 아이가 조곤조곤 말을 할 때였다. 귀여운 어린아이처럼 말하지는 않았지만, 아이는 얌전한 목소리로 조곤조곤 말을 잘 꾸려 갔다. 언젠가 수학 숙제를 하는 아이를 보며 뺄셈이 왜 어려운지 물어본 적이 있다. 아이는 곱셈과 나눗셈을 잘하는 편이었다. 그보다 쉬운 뺄셈 문제를 일부러 틀리는 것인지 궁금해졌다. 아이는 "빼는 게 뭔지 몰라."라고 대답했다. 아이에게 '사라진다'는 개념이 없는 것 같아서 걱정이다.

아이는 일곱 살 무렵부터 '바다시간'이라는 단어를 만들었다. 바다를 보러 가는 시간이거나 바다를 상상하는 시간이거나 바닷소리를 재생하는 시간. 무엇이든 괜찮다. 바다랑 관련되어 있는 것이라면 바다에서 아주 먼 곳에 있어도 상관없다.

열심히 풀어서 제출한 문제지에 비가 내려도 아이는 괜찮다. 사실 아이는 '열심히'가 무엇인지 모른다. 아이에게 '열심히'는 그저 시간의 복수다. 바다시간은 기분과 상관없이 만들수 있는 것이다. 아무 때나 가져올 수 있는 시간은 아니었다. 아무 때나 재생할 수 있는 시간도 아니었다. 고로 아무에게나 줄 수 있는 시간도 아니었다. 이건 아이만 가지고 놀 수 있는 시간이다. 아이에게만 속한 시간. 그것이 글자로 있든 그림으로 있든 아니면 콧노래 소리로 있든 상관없다.

모래 알갱이는 바닷가간에 잘 붙어 있다. 둘은 가까운 것이다. 내가 그
사이에 끼어들어도 방해하는 게 아니다. 둘 다 나에게 잘 달라붙어 있다.

아이는 모래 알갱이가 다리에, 발가락 사이에 붙어 있는
모습을 상상하는 게 좋다. 현미경으로 들여다보듯이 상상한
다. 멈춰 있는 게 진짜 멈춰 있는 것일까? 의심이라기보단 관
심이다. 눈에 보이는 게 다가 아니라는 진부한 말을 하려는
것이다. 사람들은 움직이는 것들에 시선을 빼앗기지만, 아이
는 멈춰 있는 것이나 반복되는 것에 관심을 보인다.

아이는 가끔, 사람들 속에서 징그러워지는 자신을 발견하
는 게 싫다.

사람들과 어울려 보려고 드라마에서 들었던 말투를 따라
할 때가 있다. 하지만 언어는 별로 신뢰할 만한 것이 못 된다.
언어는 듣고 흘려보낼 때 재밌다. 그럴 땐 움직이는 것이 더
잘 떠오르고, 언어는 움직이는 것들과 잘 어울렸다. 언어는
스스로 움직인다고 아이는 생각했다.

움직이는 것에는 생명이 있다. 생명이 있다. 생명이 있다.

아이가 쓴 표현은 매우 정확하다. 움직이는 것들에는 '생

명'이 있을 뿐, '생물'은 아니다. 어쨌든 아이는 생각한다. 언어는 움직이는 것을 더 좋아한다. 언어는 움직이길 좋아한다? 언어는 움직이는 것들을 좋아한다?

아이는 종이를 찾아 기록한다. 또 많은 물음표가 쓰여 있다.

움직이는 것들. 상상 속에서는 많은 것들이 움직인다. 어떤 순간보다는 순간 그 후에 남는 잔상이 강렬하다. 그래서 멈춰 있는 것을 좋아한다. 멈춰서 변화할 수 있는 것이면 더 좋을 것 같다.

나는 아이가 왜 외계인인지 생각한다. 아이가 성인이 되기까지 그 긴 시간 내내 생각했다. 나는 왜 외계인을 낳았을까. 아이를 학교에 보내고 나면 진이 빠져서 주저앉아 있을 때가 많았는데 그 시간에 주로 그런 생각을 했다. 어느 날이었다. 이상한 종교를 권유하러 온 사람들의 이야기를 대충 듣고 돌려보내고 차가운 물 한 컵을 벌컥벌컥 마셨다. 그러고는 햇빛이 잘 드는 창가에 주저앉아 밖을 내다보았다. 햇빛을 뚫어져라 쳐다보고 싶었지만 눈이 시려 이내 눈을 감고 햇볕을 느끼고 있었다. 따뜻하고 조용한 이 시간이 영원히 이어졌으면 좋겠다고 생각했다.

눈을 뜨고 아까 방문객들이 준 종이를 쳐다보았다. "모든 것은 나로부터 시작됩니다." 나로부터 시작된다니. 잘된 일도 잘못된 일도 모두 내 탓이라는 건가? 너털웃음이 나왔다. 그러다 문득 외계인 0이 생각났다. '나로부터 시작되었다?' 내가 외계인이라는 소리야? 아니다. 어쩌면 나도 기억 못 하는 외계인의 방문이 있었나? 내가 잠든 사이에 외계인들이 나를 납치해서 내 배 속에 외계인의 씨를 심은 거야! 나는 음모론에 빠졌다. 햇볕은 더 강렬하게 나를 향해 빛을 쏘아 댔다. 이상하게도 이 모든 생각 끝에 나는 정화되는 경험을 했다.

나는 그렇게 외계인 1이 되기로 했다.

상상력은 경험에 기반한다. 아이가 친구와 숙제를 하는 상상을 할 수 없듯이. 아이가 생크림을 입에 가득 넣고 오물거리는 것을 상상할 수 있듯이. 하지만 그 상태로 웃는 얼굴은 상상할 수 없듯이. 모래 알갱이를 한 알 한 알 상상할 수 있는 사람을 만나 보고 싶다. 혹시 그도 외계인일까?

아이가 바다시간에 얼마나 집착하고 있었는지는 초등학생 때 일기장을 보면 알 수 있다. 정말 순수한 집착이었는데, 나는 때때로 아이의 그 우스운 표정을 기억해 낸다. 아이는 어느 순간 얌전히 의자에 앉아 조용해진다. 가슴이 천천히 올라왔다 내려가며 호흡이 느려지는 것을 볼 수 있다. 그때 아이는 발바닥에 붙은, 발가락 사이사이에 낀 모래알을 느끼는 것이다. 순간 아이는 주변 소리를 듣지 못한다. 귓가에는 파도 소리만 들리게 된다. 모래밭 곳곳에서 갑자기 나타나는 조개껍데기 조각도 보인다. 마음에 드는 색깔만 골라 손에 쥔다.

아이는 천천히 호흡한다. 그땐 시끄럽게 청소기를 돌려도 반응이 없다.

아이의 뛰어난 상상력과 집중력은 사람들을 헷갈리게 했다. 아이에게 정신병이 있을 수도 있다는 착각을 했다. 현실과 상상 사이의 막이 너무 얇아서, 상상의 세계를 쉽게 오가는 아이의 머리가 무서울 때도 있다. 아이는 그 세계에 나를 끌고 들어갈 수도 있을 것 같다. 나와 다른 외계인에 대한 음모론이다.

나는 아이를 더 이해하고 싶어서 자꾸 일기장을 훔쳐 읽었다.

저는 조개껍데기를 찾는 것을 참 좋아합니다. 바닷가 마을에서 살아 본 적은 없어서 여행길에 지나는 바다가 전부였는데, 바다 앞에서는 항상 풀썩 주저앉아 버리고 싶었습니다. 시간이 있으면 주저앉았습니다. 저에게는 항상 시간이 있었습니다. 차에서 내리지 못하는 때가 있을 뿐입니다. 앉아서 멍하니 바다를 바라보고, 파도 소리를 보고, 그랬습니다. 음악을 틀어 놓고 파도 소리를 들으면 더 좋았습니다. 사람들이 따가운 음료수를 좋아하는 이유를 알 것도 같았습니다. 바닷가에 오래 있을수록 따가웠습니다.

모래밭에 박혀 있는 조개껍데기 조각을 찾아서 모래성 위에 덮기도 하고, 두 줄 세 줄로 나열하기도 하고, 조각난 껍데기 모양을 맞추며 끝나지 않는 퍼즐을 하기도 합니다. 나는 조개보단 물고기를 좋아했습니다. 하지만 조개껍데기는 물고기보다 더 좋았습니다. 생명이 아닌 물걸이 된 무엇을 보면 안심이 되었습니다.

안심은 무섭지 않은 상태를 말합니다.

가슴이 두근거리지 않는 상태 말입니다.

그리고 손가락과 손가락 사이에 낀 모래알을 유심히 들여다보았습니다. 눈의 초점을 맞췄다 풀었다 하면서. 눈만큼 예쁘게 보이는 현미경이 있을까 감탄합니다. 감탄은 따가운 것과 비슷합니다. 그럴 때 내는 소리를 탄성이라고 합니다. 나는 다른 사람들에게 탄성을 들려주지 않습니다. 혼자 감탄하면 안에서 폭죽이 터지기 때문입니다.

세상의 어떤 것도 눈만큼 예쁘게 볼 수는 없습니다. 담을 수도 없습니다. 아마도 그렇습니다. 제가 여태까지 본 세상은 그렇습니다. 사전이나 책이나 인터넷, 그 어디에서도 더 예쁜 것을 보지는 못했기 때문입니다. 아직은 내가 보지 못한 것입니다. 어쩌면 그럴지도 모른다고 생각합니다. 가끔은 화해를 하거든요.

그러니까 사람들은 모두 바다를 기억하고 있는지, 그렇다면 다른 사람들에게도 바다시간이라는 단어가 있는지 확인할 방법은 없나? 곰곰이…… 곰곰이…… 바다를 기억하는 사람들에게는 굳이 확인하지 않아도 됩니다. 바다를 기억하는 게 중요하기 때문입니다.

중등학교에 입학한 뒤로 아이는 자주 불안정한 모습을 보였다. 그만큼 동시에 아주 빠른 속도로 생존 기술을 습득했다. 예를 들면 '바다시간'을 만들어 위기를 탈출하거나 글자로 대답을 하는 식이었다. 아이를 따뜻하게 이해하고 받아들일 수 있는 또래는 거의 없었지만, 나와 달리 아이에게는 그것이 문제가 되지 않았다. 열 살을 넘기고, 열두 살이 되어서도 아이는 땅바닥을 보고 걸었다. 그래서 외계인 0은 아주 많은 걸 볼 수 있었다.

더 어렸을 때 아이는 개미에 집착했다. 함께 산책을 하면 아이는 자꾸 멈춰 앉았다. 자꾸 개미를 들여다보길래 키우고 싶냐고 물었더니, 아이가 이상하다는 듯이 쳐다보았다. 아이는 가만히, 질문하는 얼굴을 쳐다보았다. 아이는 다음 날 '곤충학습키트: 개미집 관찰하기'를 선물받았다. 아이는 갖고 싶지 않은 것을 갖게 되었고, 이상한 박스를 만지는 게 불편했다. 아이는 그게 무엇인지 궁금하지 않아서 뜯어보지 않고 며칠 동안 베란다에 던져두었다.

며칠이 지난 뒤에 아이는 그 박스를 꺼내 왔는데, 역시 열어 보지는 않았다. 그저 박스에 그려진 개미 그림에 몰두했다. 아이는 까만 볼펜으로 개미 위에 이파리를 그렸다.

아이에게 사람의 얼굴이란 개미의 머리와 달리 쳐다보기 어려운 것이었다. 아이는 인사나 자기소개를 할 줄 몰랐고, 보통은 소리를 질렀다. 동시에 아이에게는 감정이나 기분이 없는 것처럼 보였다. 아이에게는 불편함과 불편하지 않음만 있는 듯하다. 오해하기 쉬운 언어로만 설명되었고, 아이는 언어가 없는 동물처럼 자랐다. 아무도 그 아이의 귀여움과 대단함을 제대로 파악하지 못했다.

아이는 자주 폭발했다. 아이의 폭발을 이해하지 못하는 건 인간들이었다. 나는 아이가 느낄 답답함을 조금이나마 이해할 수 있었다. 아이는 자신의 폭발을 잘 분석했다. 화산 연구자처럼 아이는 화산 위에서, 옆에서, 가끔은 그 안으로 들어가서 용암처럼 흐르기도 했다. 끓지 않는 뜨거운 액체. 아이는 구체적으로 상상했다. 옆방 범죄자의 동태를 파악하기 위해 벽에 얼굴을 딱 붙이고 귀 기울이듯, 아이는 자신의 모든 것을 유심히 바라보았다.

아이를 만나기 전에는 말을 하지 않는 것과 말하지 못하는 것의 차이를 몰랐다. 말을 하고 싶지 않은 것과 말을 하지 않는 것의 차이를 상상할 수 없는 인물. 그런 나를 평범하다고 여겼다. 내가 아무리 착각해도 아이는 착각하지 않는다. 누구보다도 똑똑하고, 기이한 어린 동물. 나는 아이에게서 발견한 기이함을 별의 조각처럼 바라본다. 그 별의 조각이 외계생물이 건넨 것이라는 걸 기억해 낼 때면 새삼스럽게 낯선 괴성을 내뱉기도 했다. 아직 우리 사이에 언어는 개발되지 않았다. 그럼에도 아이는 모든 순간을 기억하고 있을까?

빨래를 개고 있을 때 아이가 한껏 상기된 얼굴로 집에 왔다.

"몇 학년이냐고 물어보면 대답하기 싫어."

집에 와도 입을 여는 일이 거의 없었기 때문에 아이의 갑작스러운 말에 깜짝 놀랐다. 더군다나 저렇게 감정을 드러내는 말이라니. 나는 조금 기뻤다.

"왜?"

"왜 대답해야 하는지 모르겠으니까."

"혹시 같은 학년이면 친구 할 수 있잖아."

아이는 갸우뚱한다.

"내가 왜?"

아이의 얼굴을 봤지만 표정을 알 수 없다.

"내가 왜 친구 해야 해?"

아이에게 능숙하게 설명해 주고 싶다. 없는 언어로는 안 되는 걸까.

아이를 가졌을 때가 생각난다. 정확히는 임신했다는 것을 확인했던 날이다. 파트너와는 헤어진 상태였다. 언제나 같은 이불을 덮고, 도란도란 이야기하며 잠들어야 한다고 믿었는데, 그 사람은 갑자기 사라졌다. 사라지기 전날 밤에도 분명 웃으며 "수고했어." 말했다. 그러니 어떤 충분한 설명을 해 주었어도 나에게는 갑자기 일어난 일처럼 느껴졌다.

그에 대한 분노가 사라지지 않아서 폭식을 하고 속을 게우며 몸이 망가지고 있었다. 헛구역질이 올라오기에 소화되지 않은 음식이 남아 그런다고만 생각했었다. 하지만 그 증상은 내가 운동을 시작하고, 폭식증이 나아가는 동안에도 계속되었다. 그 사이 파트너가 돌아왔다. 다른 사람도 만나 보고 외계인도 만나 보았지만, 자신을 완벽히 이해하는 사람은 나뿐이라는 것을 알았다며 헛소리를 늘어놓았다. 나는 무책임한 그를 내쫓았다.

그리고 정말 우연히 지금의 파트너, 외계인 2를 만나게 되었다. 그는 밤에 창문으로 들어온 에로스처럼, 자신의 정체를 숨긴 제우스처럼 다가왔다. 무언가를 요구하지도 않았고, 급하게 다가오지도 않았다. 나에게 관심이 있는 것인지 의아할 정도로 그는 모든 것이 괜찮다고만 했다. 그의 말이 자장가 같아서 마음 편하게 잠을 잘 수 있다는 게 가장 좋았고, 헛구역질도 멈췄다. 그리고 나는 생리를 하지 않은 지 몇 달이 되었다는 것을 깨달았다.

나는 가끔 그즈음의 일이 모두 가짜처럼 느껴진다. 내가 갑자기 외계인의 우주선에 납치돼 모든 기억을 잃고 아이를 얻은 게 아닐까. 말도 안 되는 상상이지만, 그런 음모론이 더 그럴듯하게 느껴졌다.

아이는 이야기를 좋아하고, 캐릭터를 좋아한다. 그래서 집에서는 대부분의 시간을 책 속에서 보냈다. 책 속에는 많은 이름이 나왔다. 아이는 부모를 떠올릴 수 없을 것이다. 부모가 안아 준다는 것을 상상할 수 없어서 답답할 것이다. 아이는 책 속의 사람들에게 묻고 싶었다. 부모, 포옹, 보호 같은 단어들의 의미를. 하지만 책 속의 사람들은 정해진 말만 할 수 있었다. 아이는 머리에 힘을 주어 책을 뚫어져라 바라보았다. 이야기 따위 바꿔 버리면 되잖아. 말해! 말하라고!

그 순간 사람들이 말하는 소리가 들렸다. 아이는 소스라치게 놀라 책을 덮었다.

아이가 늘 귀엽고 사랑스러운 것은 아니었다. 충격적인 일들이 많이 있었지만, 가장 충격적인 사건은 친척의 장례식에서 있었던 일이다. 사람들은 엄숙한 분위기에 젖어 있었고, 아이는 평소와 다를 것 없이 제멋대로였다.

아이는 죽은 사람이 누구인지 알고 있었다. 할아버지의 형제, 아이는 큰할아버지라는 단어를 이해했다. 큰할아버지의 장례식은 장례식장이 아닌 집에서 치러졌다. 조문객들은 부엌과 작은방 그리고 마당에 흩어져 있었다. 관은 할아버지가 생활했던 방 안에 있었다. 아이는 문턱에 조용히 걸터앉아 있었다. 장례식의 엄숙한 분위기를 불편해하지는 않는 것 같았다. 물론 중간에 소리를 질러도 문제가 되지는 않았을 것이다. 고인의 자식 중 하나가 미친 듯이 소리를 지르며 울었다. 그날은 의외로 그 소리도 잘 견디는 것 같았다.

가족들이 부엌 한쪽 좁은 상 앞에 둘러앉아 밥을 먹고 있었다. 아이들은 낯선 분위기에 겁을 먹었고, 이내 동네 놀이터로 우르르 몰려 나갔다. 아이는 다른 곳으로 사라졌다. 병풍 뒤였다. 병풍 뒤에는 관이 있었고, 아이는 관 뚜껑을 만지다가 덜컹 열어 버렸다. 관 안에는 아이가 아는 얼굴이 누워 있었다. 아이는 표정이 없는 얼굴을 만졌다. 순간 아이는 양말이 축축하게 젖었을 때가 떠올랐다.

아이는 잘 마른 양말의 느낌을 좋아했다. 바짝 말라서 버석버석 소리가 나는, 납작하게 개어져 있는 양말에 둥그런 발을 밀어 넣는 게 좋았다. 가끔 발목을 조이는 양말이 있었는데, 아이는 그런 양말을 입에 물고 질겅질겅 씹거나 화분 위에 툭툭 던져 놓았다. 그런 양말만 아니라면 잘 마른 양말은 언제나 좋았다. 하얀 양말을 꺼내 신었다가 노란 양말을 신었다가, 아이는 하루에 스무 번씩 양말을 신었다 벗었다.

관 뚜껑이 덜컹하는 소리에 놀란 어른 몇이 뛰어왔다. 병풍 뒤에는 열린 관이, 그리고 눈을 굴리는 아이가 있었다. 할머니는 아이의 손목을 거칠게 잡아끌고 나와 문밖으로 던지듯 밀쳤다. 아이는 손목이 아팠지만, 양말이 더러워진 것이 더 싫었다. 어른들은 큰 소리로 웅성거리며 아이를 힘들게 했다. 아이는 양말을 바라보며 참고 있었다. 그런 아이를 알아챈 어른들은 없었다. 그저 저 아무 표정 없는 아이가 관 뚜껑을 열었다는 것에, 죽은 사람을 만지며 조용히 있었다는 것에 두려움을 느꼈다. 아이는 순식간에 무섭고 징그러운 짐승으로 전락했다. 저 등신 같은 것! 저 괴물 같은 것! 어쩌다 우리 집에서 저런 게 나왔어!

이 충격적인 사건 역시 아이에게는 별로 문제가 되지 않은 듯하다. 아이에게 문제는 외계인, 자신이라는 외계인이다.

가족과 다른 종의 생물이라는 게 이해되는가? 아이의 가족은 눈치채지 못했다. 아이는 그날을 지금까지도 잊지 못한다. 축축한 양말을 신고 서서 할아버지를 보고 있던 자신이 진짜 다르냐고 홀로 묻는다. 진짜라니까. 진짜라니까. 진짜였어요. 그럴 때 아이의 언어는 외계인의 언어보다는 선지자의 목소리 같다.

"이것은 진짜입니다. 이것이 진실입니다!"

나는 아이의 그런 목소리가 싫었다. 아이에겐 '내'가 다른 사람들과 같이 외계인이라는 것을 인정하고 싶지 않았다. 아직도 아이는 나를 외계인처럼 바라볼 때가 있다. 이제는 인정한다. 여전히 좋아하고 싶지는 않아서 나도 똑같은 표정으로 아이를 바라본다. 우리는 서로의 외계인이다. 어쩔 수 없다.

우리는 이곳에 존재하기 위해 매 순간 노력해야 한다.

빨래를 개고 커튼을 젖혔다. 밝은 빛이 들어왔다. 화분에 물을 주다가 뒤를 돌아 아이를 쳐다보았다. 동창회에 다녀온 일은 이미 기억에 없겠지. 어릴 때와 별반 다르지 않은 작은 키의 아이가 누워 있다. 달그락거리는 소리에도 고개를 돌리지 않는다. 현관문을 열고 외계인 2가 들어오는 소리에도 반응하지 않는다. 아이는 전보다 더 우리에게 무관심해진 것 같다. 아이에게 무엇이든 물어볼까, 그냥 옆에 앉아서 이야기를 할까, 나 역시 전보다 더 서투른 것 같다. 아이가 손가락으로 책상을 가리켰다. 책상 위에는 내가 종종 훔쳐보았던 아이의 일기장이 쌓여 있었다.

"위에서 여섯 번째 노트, 뒤에서 두 번째 장."

그러고는 아이는 계속 누워 있었다.

망망대해를 헤쳐 나가는 선장. 물안개가 가득 뿌옇게 올라와서 아무것도 보이지 않는다. 하지만 여태까지 이 선장은 용감하게 키를 잡고서 있었지. 어디로 갈지 몰라도 그게 무서워서 앞으로 나가지 못하지는 않았어. 앞이든 옆이든 키를 돌려 가며 움직였어. 살아 있었다. 용감하게 살아남는 일. 엄마는 자주 말했다. 그거면 됐다고.

그런데 이제는 지친 거야. 가도 가도 끝이 없는 뿌연 바다 앞에서 어디로 가는지, 정처를 모르며 가는 이 일에 지쳤다. 방향을 살피고, 키를 꽉 붙들고 있고, 잠을 자고 일어나는 배 위에서의 모든 일에 모두 지치고 질렸다. 드러누워 있어도 되나? 드러누워서도 생각한다.

드러누웠다. 갑판에서도 방에서도 자꾸 누웠다. 다른 선원 하나 없이나 혼자 선장이고 선원인 이곳에서. 내가 일어나지 않으면 깨워 줄 이도 없는 곳에서. 자꾸 눕는다. 한번 누우면 일어나기가 힘들다.

매일 잘 갔는데…… 잘 가지 않아도 괜찮았는데…… 그냥 살아 있는 게 중요하다고 말하면 잔인하다. 그런 말은 살아 있는 것을 무의미하게 느끼게 만든다. 그렇다고 해서 내가 바다에 뛰어들어 죽을 것은 아니다. 이 지겹고 지치는 삶을 지속할 것을 알기에 지겹고 지친다. 지속해야 한다는 생각이 가장 괴롭다. 지속은 지겹다.

더 이상 키를 잡고 싶지 않다. 보이지 않는 앞을 보고 싶지 않다. 익숙해지지 않는 언어를 이해하려고, 배우려고 노력하고 싶지 않다. 키가 잘 안 돌아갈 때는 키를 뽑아 버리고 싶다. 손도끼를 가지고 팍팍 찍어 버리고 싶다. 매일 잡아 반들거리는 키를 죄다 쪼개 장작으로 써 버리고 싶다. 정말로 화가 많이 났다.

화를 알아준다. 화를 알아준다. 나는 화가 난다. 화를 알아준다.

처음으로 아이의 일기장을 보았던 날이 떠올랐다. 땅바닥을 보며 걷거나 보이는 종이마다 equal 같은 단어를 반복해서 쓰는 행동 외에도 아이는 제자리에서 빙빙 도는 습관이 있었다. 아이를 다그치지 않으려고 했지만, 넘어질 듯 넘어질 듯 끝없이 도는 아이의 모습을 보는 게 무척 괴로웠다. 그런데 아이가 중등학교에 가게 되면서 내가 제일 적응하지 못했던 장면은 빙빙 도는 아이가 없는 거실이었다. 아이가 없는 집에서는 아무 일도 일어나지 않았다. 그래서 아이의 방에 들어갔다. 아이의 작은 키에 맞는 낮은 책상 밑에는 노트가 수북하게 쌓여 있었다.

빙글빙글 돌면 세상이 흐려진다. 나는 어지러움밖에 느끼지 못하고, 아무것도 보이지 않고, 아무것도 들리지 않는 것처럼 된다. 어지러움도 곧 사라진다. 이러다 넘어지거나 어디에 부딪힐 수 있다는 생각은 하지 않는다.

뒤늦게 발견한 아이의 글에는 온통 아이뿐이었다. 자신의 행동이나 생각, 분석과 느낌으로 가득 찬 노트. 아이는 매 순간, 너무 다르고 바쁜 자신에 대해 기록하고 있었다. 아이는 사람들에게 말해 주었으면 좋았을 것들을 노트에 적어 두고 있었다. 절대 말하지 않고 적기만 했다는 것을 알게 되니 가슴에 퍽퍽한 고깃덩어리가 얹힌 듯 답답했다.

아이가 글을 쓰는 것은 사람과 눈을 마주치지 못하는 것과 균형을 이룬다. 아이는 사람의 얼굴을 보며 말해야 하는 이유를 평생 이해하지 못할 것이다. 아이의 단어에는 높낮이가 없었지만 그건 근육을 잘 쓸 줄 모르는 아기와 같은 상태여서 재촉해도 소용이 없을 것이다. 아이는 스스로를 잘 알고 있었다. 어색함과 낯섦과 서툶에 대해 인식하고 있었고, 때때로 그것에 불만을 표했다. 아이는 연약하지 않고 부드러웠고, 거칠지만 사납지 않았다. 아무도 상처받지 않는 고귀한 방법이었다.

"행복한데도 말야."라는 말 다음에는 행복하지 않다는 이야기가 나올 것이다. 이때 행복은 뭘까. 궁금하지 않은 상태에서 사람은 울 수 있을까. 양극단의 상태다. 너무 행복한 상태이거나 행복과 아주 먼 곳에 있거나. 아이는 행복이 뭔지 알까? 나는 아이의 엄마라서 울 수 있지만, 아이는 내가 우는 것을 신경 쓰지 않는다. 아이는 궁금한 게 많지 않은 것처럼 보인다. 아주 큰 오해다. 그것은 아이가 정상적이지 않다고 낙인찍는 것이다.

옛날 옛적에 만났던 '순간'은 누구일까. 그곳은 어디였을까. 거기에서 만나고 온 것은 무엇일까? 그날 나의 아이가 생긴 게 맞을까? 그렇다면 아이를 얻는 대신 내가 버리고 온 건? 지금 만나고 있는 것은 무엇일까.

아이는 냉각기에 얼음이 언 냉장고일까, 문이 고장 난 냉장고일까. 고장 난 냉장고가 아닐 수도 있다. 나는 끝까지 아이를 마주할 수 있을까. 다시 돌아보는 것은 미련일까. 경험도 감정도 자꾸 우스워진다. 아이에게는 그런 게 필요 없고, 나에게는 필요한 것이라서. 그러나 나는 아이가 그래도 된다고 생각한다. 사람과 만남 같은 단어들이 아이 앞에서 매일 휘발되어도 괜찮다. 내가 이상하다고 생각하는 날이 있다면, 아이가 이상하다고 치부해 버리는 날도 있어야 할 것이다. 적당히 서로를 탓하면서 미끄러지지 않으려고 한다. 균형을 잡을 때는 내 안에서도 내 바깥에서도 추가 움직여야 한다. 아이에게 냉장고 문 닫는 것을 가르쳤을 때처럼, 무한히 반복하면서.

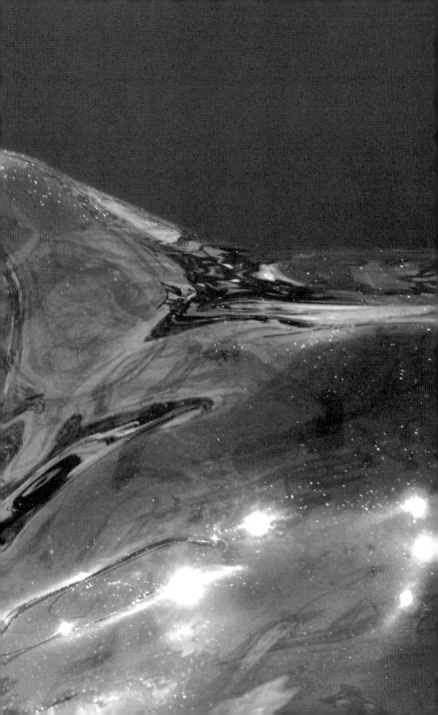

완벽한
그림자의 오후

개의 그림자가 사라졌다. 나의 엔트로피. 엔트로피는 휴직 기간 동안 동물구조연대원의 권유로 키우기 시작한 리트리버 종의 개다.

복직을 하고 처음 맞는 금요일 밤이었다. 수술을 하고 한 달을 병실에서 보냈다. 퇴원 후에도 바로 복직 허가가 나지 않아 두 달 정도 집에서 쉬었다. 청에서 연계한 상담소에서 일정 기간 동안 심리 상담을 받아야 했고, 그 후에도 상담사가 복직 여부에 대해 평가해 줘야 했다. 집에 있는 동안에는 아무것도 하지 않았다. 상담소에 가는 날에나 겨우 몸을 일으켜 샤워를 하고, 청소기를 돌렸다. 그 외의 요일에는 설거지

같이 간단한 것도 하기 어려워서 소파에 들러붙어 있었다. 그렇다고 편안하게 침대에 누워 있는 건 마음이 허락하지 않아서 소파나 거실 바닥에서 구르는 게 일과였다.

선배들은 그런 일 후에는 누구나 겪을 수밖에 없는 트라우마 과정이라고 했다. 시간이 지나고 나면 점차 괜찮아진다고, 다 지나간다고 했다. '지나가다니' 생각하는 순간, "물론 트라우마는 계속 남는 거지만."이라는 말이 붙었다.

복직을 자꾸 미루고 싶었다. 이대로 일을 그만둘까도 생각해 보았지만, 그건 자존심이 허락하지 않았다. 그리고 무엇보다도 이 집을 유지하기 위해서는, 서른셋이라는 나이를 의식해서는 더 이상 일을 쉴 수 없었다.

악몽은 계속 늘어난다. 침대가 꼭 악몽을 생산하는 기계처럼 느껴졌다. 그래서 침대에 누울 수 없는 거라고 생각했다. 그나마 위안이 되는 것은 엔피의 꼬리다. 노쇠한 개의 묵직한 꼬리. 느리게 탁, 탁 바닥을 치는 꼬리.

엔피와 처음 만난 날이 기억난다. 그 사건의 세 번째 피해자가 키우던 개였는데, 사연이 있는 개일수록 입양이 잘 되지 않는다는 이야기를 들었다. 더군다나 엔피는 나이가 많아서 입양 공고 사이트에 사진을 올려도 클릭하는 사람 자체가 없을 거라고 했다. 잔인했다. '가족을 잃고' 혼자가 된 '늙은' 개라서 새 가족을 찾을 수 없다니 화가 났다. 모든 게 내 잘못 같았던 순간에 엔피를 집으로 데려오지 않을 수 없었다.

엔피는 나이가 많아서인지 원래 성격이 유순해서인지 우리 집에 들어서서도 크게 날뛰거나 짖지 않았다. 다만 방 구석구석을 돌아다니며 물건 모서리마다 코를 박고 냄새를 맡았다. 그래, 나는 어떤 냄새가 나니? 물어보고 싶었다. 내가 소파에 누워 늘어져 있을 때 집을 다 둘러본 엔피가 소파로 다가왔다. 그러고는 그 아래 앉아서 가만히 턱을 괴고 있었다. 내가 손을 뻗어 엔피의 머리를 쓰다듬었을 때, 엔피는 흠- 하고 콧김을 뱉었다.

엔피를 돌보기 위해서 몸을 움직이기 시작했다. 청소기를 돌리고, 사료를 주고, 깨끗한 물을 떠 주고, 배변 패드를 갈아 주고, 같이 누워서 숨소리를 듣고, 다시 일어나서 깨끗한 물을 주고, 산책을 나갔다.

주방일을 하다가 고개를 돌리면, 화장실에서 나오면, 개의 그림자가 보였다. 해가 들어오는 방향에 따라 느린 그림자가 이동하고 있었다. 엔피는 움직임이 느렸기 때문에 그림자도 조금씩 굴곡을 바꿨다. 엔피는 생활에 방해가 되지 않는 선에서 유유히 그림자를 끌고 다녔다.

그런데 바로 오늘, 스탠드 불을 켜 두고 샤워를 하고 나왔을 때, 엔피의 그림자가 보이지 않는다는 것을 알았다. 원래는 어두운 방에 스탠드를 켜 두면 엔피의 그림자는 조금 크고 흐리게 벽에 붙어 있었다. 나는 그 얼룩 같은 존재감을 좋아했다. 하지만 오늘은 담요 위에 엎드려 있는 엔피의 둥근 몸이 벽에 그림자를 만들지 않았다. 오랜만에 느끼는 피로감에 내가 무언가를 헷갈리는 모양이라고 생각했다. 소파에 눕는 것이 좋을까 고민했다. 소파에 웅크리고 있다간 내 그림자도 사라질 것 같았다. 그림자가 사라진 개의 꼬리를 만지는 일은 내키지 않았다.

주말 내내 불을 밝히고 지냈다. 아니면 불을 완전히 꺼 버리고 이불 속에 들어가 있었다. 엔피의 그림자가 완전히 사라진 건 아닌지, 아니면 내가 미쳐 버린 게 아닌지, 어느 쪽도 확인하고 싶지 않았다. 두려웠다. 엔피의 꼬리를 만지지도 않았다. 엔피도 꼬리를 살랑거리며 다가오지 않았다.

월요일 아침, 유니폼을 입고 현관에 나가 섰을 때 불안은 더 커졌다. 저녁에 돌아와 스탠드 불을 켜 보자고 다짐했다. 주말 사이에 그림자가 돌아와 있을지도 모른다는 생각이었다. 엔피가 자리에서 일어나 내게 다가왔다. 꼬리를 축 늘어트리고 나를 올려다보고 있었다.

"어디 아파?"

엔피는 어떤 반응도 하지 않았다. 작고 둥근 머리를 쓰다듬어 주었다. 입 가까이에 손을 갖다 대니 거친 혓바닥이 손을 핥았다.

"괜찮아. 그치?"

바로 강력계 현장으로 돌아가기에는 부담이 된다고 했더니, 관할도 팀도 옮기게 되었다. D구역의 순찰을 돌면 되는 간단한 치안 업무였다. D구역은 가장 가난한 지역임과 동시에 극소수의 인구가 사는 곳이었다. 범죄율을 잡을 수 없을 정도로 적은 인구라고 했다. 사실상 배려가 아니라 좌천이 아닐까 싶었다.

두 달 전 레이저건 사건은 내가 범인에게 상해를 입힌 사건이자, 범인으로부터 살아남은 사건이었다. 곧 그녀의 첫 번째 재판이 있을 예정이고, 나는 당시 상황의 목격자이며 피해자이며 가해자로서 증인석에 서야 한다.

살인자만큼 사건에 집착했던 나는, 당연히 그래야 하는 이야기처럼 연쇄 살인의 마지막 날을 맞이했다. 살인자가 여자라는 사실에 놀라는 사이 범인에게 사로잡혔다. 나는 목이 졸리고도 살아남았고, 범인은 내 레이저건을 맞고도 살아남았다. 함께 살아남았어야 할 피해자들이 부검실에 누워 있었다.

모두 교사에 의한 설골 골절이 특이점으로 발견되었다.

"얼마나 힘이 셌으면 설골이 부러지기까지 했을까요? 일부러 그런 것처럼 모든 바디에 설골이 정확히 부러져 있어요."

"글쎄요. 인간은 아닌 게 분명해요."

프로파일링 팀이 정확히 여자라는 것을 추측했었는데도, 여자의 얼굴을 마주했을 때 나는 범인을 만났다는 사실보다 그가 그녀라는 사실에 놀랐다. 놀랄 이유가 없어야 했는데, 놀라고 말았다. 여성형 바디로 본래의 모습을 숨긴 신체 변형자는 아닐까, 찰나의 순간에 그런 생각을 했다. 차라리 그렇기를 바랐던 것 같다. 그리고 그녀에게 공격당했다.

"너처럼 강한 인간이 왜 그렇게 살고 있어?"

"사람을 죽이는 놈보다야 낫지."

"사람들은 웃겨. 낯선 사람한테 당할 수 있단 생각을 잘 안 해. 아니, 애초에 생각을 안 하고 사는 것 같아. 오만가지 상상은 다 하면서."

목을 조르는 통에 그 다음 말은 흐리게 환청처럼 들렸다.

"그럼 안 되지. 세상이 나를 그렇게 보면 안 되지. 그러니까 너도 날 그렇게 보면 안 돼."

범인은 경찰차에 오르며 말을 더했다.

"자기도 인간이라는 걸 종종 잊는 모양인데. 난 그런 년들이 더 재수 없더라고. 조심해. 여긴 중력이 너무 약해."

피해자들도 같은 말을 들으며 죽어 갔을지도 모른다. 나는 그녀가 했던 말을 증인석에서도 해야 하는지 고민한다. 이미 조사에서 살해 목적은 다 밝혀졌으므로 굳이 내가 그녀의 말을 세상에 전하는 것이 옳은가 옳지 않은가에 대해 의심한다.

나는 더 이상 의심하는 것도 레이저건을 쓰는 것도 하기 싫다. 총은 누구 손에 쥐어지든 흉기가 된다. 피를 흘리지 않아도 누군가는 다치고 죽기도 한다.

그렇게 D구역의 순찰직에 응했다. A구역부터 H구역까지 빠삭하게 알고 있다는 박 경장이 굳이 D구역을 맡으려는 이유가 뭐냐고 물었다. 내가 선택한 일이 아니었다고 말하려다 입을 다물었다.

"D구역이라면 모두가 기피하는 곳입니다."

"인원이 모자랄 테니 제가 가는 게 맞겠네요."

박 경장이 나를 빤히 쳐다보았다.

"하긴. 그래도 총은 필요 없는 곳이니까요."

컵에 뜨거운 물을 붓고 스푼을 젓던 그가 내 손을 쳐다보며 말했다.

"경사님은 커피 안 필요하십니까?"

"네, 괜찮습니다."

"껌 하나 하시죠."

그가 향이 진한 껌을 내밀었다. 커피에 이어 껌까지 거절하면 괜히 불편해질까 봐 껌을 받아 들었다.

"거기, 냄새가 좀 굉장해요."

"네?"

"껌이라도 씹으면서 돌아다녀야지, 원. 가 보지 않은 사람은 모른다니까요?"

"아, 감사합니다."

"굳이 거길 가시겠다니, 참."

"제가 걱정되십니까?"

박 경장은 당황해하더니 핸드폰을 열어 보고 "오늘 월별 구역 보고가 있는 날인데 깜빡했네." 하며 자리를 떴다. 별것 아닌 일에 또 욱하고 말았다는 생각에 얼굴에 열이 올랐다.

아직 파트너가 배정되지 않아서 혼자 D구역을 돌아보기로 했다. 지난주까지는 인수인계를 받았기 때문에 사실상 오늘이 첫 순찰이었다. 어쩌면 내가 여자라서, 아니면 팀의 신입이라서, 혹은 용의자에게 납치나 당하는 능력 없는 경찰관이어서 아무도 파트너를 원하지 않는 건 아닐까. 또 속에서 무언가가 꿈틀거렸다. 자격지심이라고 하기에는 악조건이 분명하게 점처럼 박혀 있었다.

D구역에 가까워질수록 스카이워커족은 보이지 않았다. 플라잉수트를 입은 사람도, 자동차도 줄어들었다. 대신 옷인지 담요인지 알 수 없는 거죽을 뒤집어쓴 사람들이 하나둘 나타났다. 그들은 빈 도로와 넓은 골목을 두고도 벽에 붙어서 걸어 다녔다. 차창 너머로 마주치는 얼굴들은 경계심을 보였지만, 공격적으로 보이지는 않았다.

범죄율이 잡히지 않을 정도로 적은 인구에 순찰대가 왜 필요한지는 의문이었다. 아마도 '최빈곤' 구역이라는 이유 때문인 것 같았다. 청에서는 서에 압박을 넣었고, 서에서는 경관들에게 압박을 넣었다. 솔직히 말해 그냥 다 내쫓고 밀어 버리는 그림을 상상하는 것이다. 저기 위에 있는 분들은 그런 그림이 간단하게 그려지는데 왜 우리는 못 해내냐는 것이다. 나는 평소에도 자기들 손에 더러운 걸 묻히기 싫은 자들이 주로 화를 낸다고 생각했다. 스스로 하지 않는 자들. 그들은 늘 불만이 많고, 화가 많고, 그래서 쉽게 더러워진다고.

나는 내 손이 가장 더럽다고 느낀다. 내 손도 떼어 내면 될까. 그림자처럼 사라지면 되는 걸까.

D구역 초입에 도착해 표지판이 서 있는 도로 가장자리에 차를 대고 네비게이션을 확인했다. 도보 순찰을 위해 거리의 모양을 대충 익혔다. 차에서 내리는데 테이저건이 문에 탁하

고 부딪히는 소리가 들렸다. 레이저건이 아니니까 괜찮겠지. 괜찮아. 나는 아무 짓도 하지 않을 수 있어. 남을 해치는 사람이 아니야.

건물들이라고 하기에는 형체만 남은 것들이 낮게 서 있었다. 대부분 지어진 지 50년 이상 된 낮은 빌라들이었다. 담이 무너져 있는 곳도 있었다. 그런 곳엔 어김없이 담요나 천막 같은 것이 걸쳐져 있었다. 담과 연결해 집이나 창고로 쓸 공간을 만든 것처럼 보였다. 오래된 직물이 이렇게나 많이 남아 있다는 것이 신기했다.

주민들이 지나가며 나를 쳐다보았다. 다들 무언가에 취한 눈이었다. 눈짓과 고갯짓으로 인사를 했다. 앞으로 내가 여기에 종종 얼굴을 비추겠다는 의미였지만 그들은 눈을 피했다. 그들에겐 내가 반가울 이유가 없다. 그들처럼 낡은 압축팩을 매고 있지도 않았고, 깨끗한 유니폼에 제대로 된 신발을 신고, 진한 껌 향기를 풍기고 있었으므로 다른 세계의 사람으로 보였을 것이다.

멀지 않은 곳에서 웅성거리는 소리가 들렸다. 두 번째 코너를 막 돌았을 때 자극적인 냄새가 났다. 매운 탄내가 섞인 인공 향신료 냄새였다. 연기가 나고 있었고, 사람들이 여럿 모여 있었다. 길거리 식당인 모양이었다. 공기정화 장치는 보이지 않았다. 원래대로라면 불법으로 신고하고 철거해야 하는 시설이었지만, 서에서도 D구역의 작은 골목 식당 따위를 신경 쓸 것 같지 않았다. 아주 작은 불판과 조리 도구가 소꿉장난처럼 보였다.

"그 사람들 일일이 볼 필요 없어요. 대충 시간 때우다 오세요."

박 경장의 말이 떠올랐다. 맞는 말이라고는 생각하지 않았지만, 내가 계속 D구역을 담당할 것도 아니었기 때문에 그러려니 했다.

내가 다가가자 테이블이라 부르기에도 민망할 정도로 좁은 나무 판자 가장자리에 앉아 있던 남자가 흠칫 놀라며 옆 사람의 옆구리를 찔렀다. 두 남자는 그릇을 들고 금세 근처 건물 사이로 사라졌다. 아이를 업은 남자와 노인들도 하나둘 사라졌다. 바닥에 앉아 요리를 하고 있는 것은 이제 겨우 열 살 정도로 보이는 아이들이었다. 닮은 얼굴의 두 여자아이는 짜증 나는 얼굴로 나를 올려다보았다.

"뭐예요?"

"장사를 할 수가 없잖아요!"

둘 다 날이 선 목소리로 나를 밀어냈다. 앞으로 이 구역을 맡게 된 새로운 순찰대라고 말하기도 전에 아이 하나가 일어나 나를 위아래로 훑으며 말했다.

"새로 왔나 봐요."

"응."

"그럼 조용히 지나가요."

"너희 둘이 하는 거야? 이 가게."

"네. 불만이에요?"

"어른들은?"

절대 물어보면 안 되는 것을 물어봤다는 듯이 아이들이 공격적인 표정을 지었다.

"눈치 없다는 말 많이 듣죠?"

"예의 없다는 말도 듣고요."

두 아이가 연이어 말했다. 친하게 지내 보자는 말을 꺼내기는 글렀다. 아이들을 지나쳐 다른 골목으로 들어가려는데, 아이들의 공격적인 시선이 등 뒤로 느껴졌다.

"세상 관심 있는 척하지 말고 적당히 돌아보고 가세요."

"아무도 안 반기니까요."

"알았어."

"센 척하는 사람 치고 진짜 센 사람 못 봤어."

"센 척도 아니야."

다른 골목의 사람들도 아이들처럼 반응할 것 같았다. 하지만 사람은 거의 보이지 않았고, 가끔 누군가가 있는 듯한 느낌을 받아도 금세 건물 사이로 사라졌다. 사람들은 그림자처럼 움직이고 있었고, 사라진 그림자는 절대 찾을 수 없었다.

여전히 엔피의 그림자는 돌아오지 않았다. 언제 돌아올지는 알 수 없지만, 밥도 잘 먹고 내가 없는 시간에는 잠도 자는 것 같다. 내가 퇴근하고 들어오면 옛날만큼 반겨 주진 않았지만, 그래도 힘을 내어 자리에서 일어나곤 했다. 그래서 죽지 않을 것이라는 확신이 들었다.

"네가 죽지만 않는다면 나는 괜찮을 것 같아."

하지만 그 말은 '엔피가 죽는다면?'으로 이어진다. 나를 위해 누군가가 존재한다는 사실이 중요하다. 그렇게 느끼고 있는 내가 끔찍했다. 나를 위해 존재해 달라는 말만큼 부담스러운 게 있을까. 미안해졌다. 내가 구해 준답시고 데려온 존재에게 구원을 바라고 있는 모양새다. 그런 의미에서 엔피에게 그림자가 없다는 사실은 죄책감을 덜어 주는 것 같기도 하다. '누군가'가 아니라 '무언가'가 되어 가는 엔피라면.

그림자가 사라졌으니 유령같이 훌쩍 사라졌다가 갑자기 나타나도 된다고 말해 주고 싶다. 하지만 정말로 어느 순간 그렇게 사라져 버리면, 그리고 돌아오지 못한다면 내가 어떻게 될지 알 수 없다. 전부 모순이고, 욕심이다.

골목 식당 아이들은 이제 나를 보면 아는 체를 한다. 아이들의 수다는 내가 휴무였던 날에 있었던 일을 전해 주는 것부터 시작된다. 이 골목에서 사라진 사람들, 새로 나타난 사람들, 아픈 사람들, 일자리를 찾아 떠난 사람들까지 D구역에 대해 제대로 알고 있는 것은 그 아이들뿐인 것 같았다.

D구역 전임자에게 아이들에 대해 물어보려고 했지만, 서에 남아 있는 전임자의 전화번호는 연결되지 않았다. 오 경장이나 서장님에게 물어볼까도 했지만, 오지랖 부리지 말고 적당히 하라는 말만 들을 것 같아서 포기했다. 더군다나 자신의 이름을 알려 주지 않는 두 아이에 대해서 내가 더 할 수 있는 게 뭐가 있을까 싶었다.

"스카이워커들이 신는 신발 있잖아요."

"어퍼슈즈?"

"네. 그거 하나만 구해 주면 안 돼요? 얼마면 돼요?"

"어퍼슈즈는 왜?"

"그냥요."

"갖고 싶으면 안 돼요?"

아이들은 항상 번갈아 가며 말했다.

"그냥 갖고 싶으면 안 돼요?"

"야, 순찰대도 안 갖고 있는 걸 어떻게 구해 주냐?"

서로 타박을 주기도 하면서 재잘거렸다. 그때였다. 내 주변을 맴돌며 뛰는 두 아이에게 그림자가 없었다. 햇볕이 쨍쨍하게 내리쬐는 한낮이었으므로 아이들의 그림자는 짧게나마 발에 붙어 있어야 했다. 그러나 그림자는 없었다. 이 아이에게도, 저 아이에게도. 얘들아, 너희에게 그림자가 없다는 걸 아니? 물을 수는 없었다. 내가 미쳐 가고 있는 것일지도 모른다. 이래서는 강력계로 돌아갈 수 없다.

"길어야 1년이야. 거기서 잘 쉰다고 생각하고 얌전히 지내."

선배가 어제도 안부 인사차 전화하며 했던 말이었다.

"때 되면 팀장님이 알아서 불러 주시겠지. 상담 횟수나 잘 채워. 최대한 멀쩡한 척해서 잘 살고 있습니다, 기록을 남기란 말이야."

나는 잘 살고 있나? 나에게는 그림자가 있나? 뒤돌아볼 자신이 없다. 집에서만이 아니라 D구역에서도 나는 그림자를 의식하지 않으려 노력했다. 그 사이 레이저건 사건의 1차 공판이 지나갔다.

세간의 관심과 매체의 야단에 재판은 비공개로 치러졌다. '지구 외의 행성에서 벌어진 첫 번째 연쇄 살인 사건', '범인은 여성, 정신질환자 혹은 중력부적응자로 밝혀져', 'A구역 중에서도 서수A구역을 범행 구역으로 삼은 것을 보아 범행의 이유는' 같은 뉴스 제목이 유난해 보였다. 정작 사건 관련자들이 더 이성적으로 보일 정도였다. 재판은 생각보다 조용히 진행되었다.

나는 가해자이자 피해자인 범인의 얼굴을 똑바로 보려고 했다. 그것은 나를 자책하지 않기 위함이었고, 동시에 나에게 벌을 주기 위해서였다. 그리고 나는 괜찮다는 걸 보여 주고, 넌 괜찮지 않다는 압박을 주기 위해서이기도 했다. 나 홀로 긴장감 속에서 연극을 하듯 증인석에 앉아 있었다. 아이러니하게도 범인은 재판 내내 단단한 목소리로 범죄 사실을 인정하면서도 내 얼굴은 보지 않았다. 겁을 먹거나 딴청을 하는 게 아니라, 진심으로 관심이 없어서 보지 않는다는 것을 알았다. 그에 비해 나는 그녀가 나를 쳐다보는 순간을 놓치지 않으려내내 긴장하고 있었다. 겨드랑이에 땀이 차는 게 느껴졌다.

그녀는 계속해서 자기가 해야 한다고 느끼는 말을 거침없이 했다.

"중력을 잘 견뎌 보려고 했습니다."

그런 말을 할 때면 여자의 외계 변호사가 팔을 꽉 잡았다. 하지만 여자는 판사에게 저지받지 않을 정도로만 움직여 말을 계속했다.

"중력을 잘 견디고 싶었는데. 잘 안 됐어요. 그게 내 잘못은 아니잖아요. 중력이 너무 가벼우면요. 사람 뇌가 풀릴 수도 있는 거예요."

나는 그녀의 말 대부분을 믿지 않으려고 했다. 유가족들도 어디서부터 어디까지 믿어야 될지 모르겠다고 말했다. 나는 재판에 앞서 범인들이 말하는 것은 모두 자기에게 유리한 말 뿐이라는 걸 잊지 말라고 했다. 어쨌든 그녀는 연쇄 살인범이고, 당신의 가족들은 이유 없이 죽은 거라고. 그러니 충분히 억울해 해도 된다고. 하지만 내 입장은 정하지 못했다.

"체포될 때도 말했습니다! 여긴 중력이 너무 약하다고요!"

결국 여자는 정신병 감정을 추가로 받기로 했고, 유가족들은 한탄이 섞인 한숨을 내쉬었다. 범인은 재판정에서 나가면서도 혼란스러운 표정을 지었다. 어떤 연민도 가지지 않으려고 했다. 저건 다 연기라고 생각하는 게 나았다. 미친 척 연기를 하는 게지, 중력이 어쩌고저쩌고.

그렇게 현실로 돌아왔을 때 나는 엔피의 꼬리와 D구역 아이들 목소리를 떠올렸다. 내가 지금 담당하는 곳은 이 행성에서 가장 더러운 곳이다. 그림자가 없어도 이상하지 않은 곳. 내가 거기서 어떻게 섞여 지내도 누구도 이상하게 보지 않고, 신고하지 않는 곳. 그것이면 된다고 생각했다. 최고 부유층들이 사는 서수구역보다도 안전한 곳이라고 생각하니 웃음이 픽 나왔다. 그래서 D구역에 있는 이상 강력 사건과는 엮일 일이 없을 거라고 생각했다.

그러나 C구역에서 연달아 살인 사건과 고액 절도 사건이 일어나 C구역으로 잠시 차출되었다. 서의 모든 인원이 C구역 사건에 투입되어야 한다는 명령이었다. 한쪽에서는 흉기를 찾아야 했고, 한쪽에서는 용의자를 추려야 했고, 한쪽에서는 미행을 했다. 서류를 꾸리는 쪽도 탐문 수사를 하는 쪽도 필요했다. 내가 C구역 사건들을 맡게 된 이상 D구역을 돌볼 사람은 아무도 없다는 뜻이었다.

첫날엔 탐문 조사를 맡게 되어 C구역으로 나가기 전에 골목 식당 아이들에게 들러 상황을 알려 줄까 했다. 하지만 그 애들은 나의 상황에는 관심이 없을 것 같았다. 그들은 나 없이도 잘 살아왔고, 잘 산다고 했다. 레이저건 사건에서 살아남은 것은 나와 한 어린아이, 둘뿐이었다.

"아이는 계획에 없었다니까? 진짜라고! 애를 건드려서 뭐하게. 엿 같은 사람들의 분노만 조장할 뿐이야. 나한테 애는 중요하지 않아. 그 어린 것들은 아무것도 할 수 없어. 나는 그냥 내가 타깃으로 삼은 그년을 죽이려던 것뿐인데! 갑자기 튀어나왔다고, 그 어린 게!"

그때 나는 취조실 바깥 창 앞에 서 있었다.

"그래서 살려 뒀잖아!"

범인은 아이를 해칠 생각은 추호도 없었다고 했지만 어디까지가 진실인지 알 수 없는 게 범죄자의 말이었다. '서수A구역 연쇄 살인 사건'이라는 정식 명칭이 있었지만, 나에게는 그저 레이저건 사건일 뿐이라고 마음속으로 정한 날이었다.

C구역 살인 사건 중 8일에 일어났던 사건은 용의자가 잡혔다. 이웃 간의 다툼으로 우발적 살인을 주장하고 있다는 이야기를 들었다.

"흉기가 문제인데, 아 그걸 못 찾아서 죽겠네. 이거 생각보다 길어지겠어."

오 경장이 투덜대는 소리를 들었다. 흉기. 그래, 무엇이든 흉기가 되었을 때가 문제다. 언제쯤 D구역으로 돌아갈 수 있을까. 한숨이 나왔다.

"망치 같은 거 아니었을까요?"

막 경찰학교를 졸업한 젊은 이 순경이었다. 함께 사건 현장 근처 쓰레기장을 뒤지고 있을 때였다.

"아마도 그런 것 같죠. 상흔이 둥글고."

"두개골이 완전히 박살 났대요."

"렌치일 수도 있고. 사실 단단하고 둥근 거면 뭐든 될 수 있죠. 일단 다 수거하고 봐요. 사이즈를 비교해 봐야 하니까."

이 순경이 쓰레기 더미를 뒤지다 멈칫했다.

"왜 그랬을까요? 정말 층간 소음 때문이었을까요?"

"글쎄, 나는 딱히 들은 게 없어서요."

"오 경장님이랑 윤 경사님 말에 따르면 평소에도 엄청 다 퉜대요."

"나쁜 감정이 쌓였던 사이라면 더 위험할 만했네요."

"뭐 플쿠터 청소는 여기서 하지 마라, 비행선은 비행장에 대라, 마당은 어떻게 해라 하는 것부터 해서. 아 맞다! 소음 얘 기도 있었대요."

"옆집 사람이라고 하지 않았어요?"

"맞아요! 위아래 층도 아닌데 소음이 들릴 수가 있나? 요 즘에도 그런 건물을 허가해 주나요?"

"C구역이라서 그럴 수도 있겠죠. 예전에 지어진 건물이 거나."

더 이상 말하고 싶지 않다. 그런 곳에서 살 수밖에 없는 사 람들과 거기서 범죄자가 되어 버린 사람에 대해서 생각하고 싶지 않다. 범행 도구를 찾는 일 따위도 그냥 아랫사람들에게 맡겨 버리고 싶었다.

"순간적으로 그랬다는 말도 믿어야 할까요?"

"믿어야 할 수도 있고. 아니라는 걸 증명해야 할 수도 있고."

"어렵네요."

"그래서 지금 우리가 이렇게 개고생 하고 있잖아요."

"범행 도구를 찾았는데도 그걸 알 수 없으면 어떡합니까?"

"끝까지 물어야죠."

"그나저나 망치든 뭐든 간에 그런 걸로 사람을 때릴 생각을 하는 것도 어떻게 그럴 수가 있……."

"그것밖에 없었겠죠. 그 순간에는."

잠시 말이 끊겼다. 작은 일에도 욱하게 되는 건 이 순경 때문이 아니다.

"맞다. 김 경사님 이야기 들었어요. 대단하셨다고요."

"무슨 이야기를 들었는지는 모르겠지만 아닙니다."

"서수A구역 사건, 그거 김 경사님이라면서요!"

살아남기 위해 흉기를 들었었다. 살아남기 위해서라면 흉기를 들어도 되는가? 둘 다 살아남으려면 어느 쪽도 흉기를 들지 않아야 하지 않나? 그 순간 나는 사람이 아니었을지도 모른다. 그건 범인도 마찬가지다.

"살아남으신 거잖아요."

내가 말이 없자 이 순경이 다시 말했다.

"죽은 사람도 있었지."

다시 대화가 끊겼다. 또다시 말을 꺼낸 건 이순경이었다. 계속 이야기를 이어 가려는 이유가 뭔지는 알 수 없었지만, 점점 속이 끓었다. 뭐든 게워 낼 것 같았다. 현장에서 그런 모습을 보였다간 다시 돌아갈 곳이 없어질 것이다. 나는 억지로 숨을 삼켰다.

"그나저나 D구역은 힘들지 않으세요? 거기 완전 쓰레기장이라던데."

"B구역은 어떤데요."

"어휴, 말도 마세요. 거긴 거기 나름대로 쓰레기장이에요."

"왜요."

"가진 놈들이 더한 것 같아요."

"쓰레기통이나 돌보고 있는 건 이 순경도 나도 마찬가지네."

우리는 해가 저물 때까지 동네 쓰레기장을 뒤졌다. 손이 베이고 옷이 더러워져 있었다. 집에 가기 전에 D구역을 들르는 게 좋겠다고 생각했다. 이 순경을 서에 내려 주고 D구역으로 향하면서 쓰레기통과 흉기에 대해 생각했다. 쓰레기통과 흉기, 쓰레기 더미에 버려진 범행 도구, 쓰레기에 버려진 무기, 쓰레기, 흉기, 쓰레기, 흉기⋯⋯.

쓰레기는 사람을 죽이지 않고, 흉기는 사람을 죽일 수 있다.

D구역에 도착해 공터에 주차하고 내리면서 허리춤을 훑

었다. 더 이상 레이저건은 없었다. 순찰대원에게는 치명적이지 않은 테이저건만 지급되었다. 나는 갑자기 알 수 없는 공포를 마주했다. 무서운 사건 현장에 있다 온 모습으로 아이들을 마주하는 건 이상하다. 오히려 집으로 돌아가 깨끗하게 씻고 누워 엔피의 그림자를 찾아보는 게 낫다. 일단 오늘은 집으로 돌아가기로 결정했다. 내일 깔끔한 모습으로 아이들을 마주하는 것도 좋을 것 같았다.

그날 밤, 엔피는 침대 옆에 깔아 두었던 담요를 끌고 집 안을 돌아다녔다. 불안해서 하는 행동처럼 보이지는 않았고, 어디에 자리를 잡을까 고민하는 것처럼 보였다. 결국 현관 앞에 담요를 두고 몇 바퀴 더 돌더니 몸을 쭉 뻗어 앉았다. 그곳에서 침대 쪽을 물끄러미 바라보았다. 나에게 할 말이 있지만, 말할 힘은 없다는 듯 조용히 쓰러져 있었다.

"엔피, 그림자가 필요해?"

"어디에서 잃어버린 거야? 내가 찾을 수 있어?"

"너도 나도 여기에 있지?"

1번, 3번, 5번, 깊은 골목으로 들어설수록 무언가가 잘못되었다는 생각이 들었다. 반대편으로 돌아 나왔다. 2번, 4번, 6번, 붉은 소스 냄새가 나지 않았다. 골목 식당이 있는 쪽으로 급히

발길을 돌렸다. 입구에 들어설 때 보지 못했던 아이들을 찾아서 뛰었다.

아이들이 보이지 않았다. 아이들이 요리를 하던 벽돌과 소형 가스통, 그리고 조리 도구들은 그대로 있었다. 하지만 오늘은 요리를 하지 않은 것처럼 보였다. 아이들 중 하나가 아픈 것일 수도 있다. 아니면 둘 다 아픈 걸까. 갑자기 떠났을 수도 있다. 내가 며칠간 D구역을 비웠기 때문에 그 사이에 아이들의 부모가 찾아와서 더 나은 환경으로 갔을 수도 있다.

그러고 보니 나는 아이들이 지내는 곳을 모른다. 내가 순찰을 돌면 아이들이 여기저기서 갑자기 나타났을 뿐이다. 어디서 잠을 자는지, 어디서 씻고, 세 끼 밥은 챙겨 먹는지, 학교는 다니는지 물어보지 않았다. 물론 아이들이 먼저 말한 적도 없다. 아이들은 언제나 골목 식당에 있었고, 언제나 요리를 하고 있었다. 당연한 모습이 아닌데도 나는 그걸 당연하게 여겼다. 그리고 꼭 나와 같은 마음일 것 같은 사람들이 그 앞에 앉아서 음식을 먹고 있었다. 아이들이 이 골목을 존재하게 하고 있는 것 같았다.

식은땀이 났다. 피 묻은 망치 따위를 찾으러 돌아다니는 동안 아이들이 사라졌다고 생각하니 화가 났다. 나는 이번에도 내 역할을 못 하고 있다. 골목 이곳저곳을 들쑤시고 다녔다. 마주치는 사람들에게 무턱대고 아이들에 대해 물었지만 아무도 내게 대답하지 않았다.

등에 아이를 업고 콧노래를 흥얼거리던 남자만이 "녀석들, 장사하기 좋은 어딘가를 찾았겠죠." 했다. "걔넨 이미 아이가 아니에요." 하는 말을 덧붙이며 멀어졌다.

나는 다시 1번 골목부터 훑기 시작했다. 올라갈 수 있는 건물엔 다 올라가 보았다. 나에게서 땀 냄새가 올라왔다. 11번 골목에 들어서서 숨을 고르고 있는데 둔탁한 짐이 떨어지는 소리가 들렸다. 아이들이 언젠가 위험한 여자가 사는 곳이라고 말했던 건물 쪽이었다.

"여기 항상 사는 건 아닌데, 며칠에 한 번씩 돌아와요."

"며칠에 한 번?"

"한 달씩 걸릴 때도 있었어!"

"한 달씩은 아니었거든?"

아이들이 투닥거리는 소리가 곁에서 들리는 것 같았다.

"진짜 이상한 건 어디서 났는지 모를 돈을 가지고 오는 거예요."

"그걸 우리한테 맡기고, 이 구역 사람들 잘 돌보라고 하고. 그게 진짜 이상한 거죠."

"맨날 와이어를 감고 다니는데, 손에 피가 안 돌아서 하얗게 돼."

"맞아. 줄 자국이 손가락에 막 나 있잖아."

"킬러일지도 몰라요! 영화에 나오는 것처럼!"

"자경단이라고 하는 거야. 우리한테 돈도 주잖아. 멍청아."

"그게 사람 죽여서 번 돈인지 어떻게 아냐?"

"그럼 그 돈은 왜 받았는데?"

두 아이가 주고받았던 목소리가 바로 옆에서 들리는 듯했다. 이윽고 건물에서 여자가 나왔다. 정확히는 2층에서 뛰어내렸다. 둔탁한 짐이 떨어지는 소리도 2층에서 떨어진 여자의 가방 소리였다. 일단 여자에게 뛰어가서 물었다.

"골목 식당 애들이요. 최근에 본 적 있어요?"

"글쎄. 나도 열흘 만에 온 거라."

"하."

"왜 그렇게 안달이 난 건데?"

"애들이잖아요. 무슨 일이라도 났으면 어떡합니까."

"D구역에서 애들 둘이 사라졌기로서니 뭐 누가 신경이나 쓰나?"

"내가 신경 씁니다. 내가 이 구역 담당자예요."

"그런데 애들이 어딨는지는 왜 모르는 건데요? 담당자라면서."

"그게!"

목에 무언가가 울컥 올라와 걸렸다. 억울함인지 당황함인지 알 수 없어서 차마 삼킬 수도 없었다.

"그게 제가 며칠간 C구역으로 차출되었어서."

여자가 담배를 꺼내 물었다. 내가 몸을 돌려 다른 골목으로 가려는 순간 여자가 내 팔을 잡았다. 그녀는 담배에 불을 붙이며 나를 똑바로 쳐다보았다. '그러게. 잘 지켜봤어야지.' 그녀의 눈이 그렇게 말하는 것 같아서 움츠러들었다.

"거봐요. 여긴 아무도 신경 안 써요. 잠깐만 눈 돌려도 사람이 사라지는 세상인데, 여긴 아무도 안 돌아본다고."

"그러니까 내가!"

"그러니까 당신이 못 했잖아요."

할 말을 잃었다.

"당신이라서 못 한 게 아니라 그냥 못 한 거예요. 누가 못 했냐의 문제가 아니야."

"당신, 뭡니까? 무슨 말을 하고 싶은 거예요?"

"내가 보냈어요."

입에서 나오는 담배 연기가 옆으로 흩어졌다. 순간 그녀의 손에 눈이 갔다. 손가락 사이사이 어둡게 선이 그어져 있었지만, 와이어는 감겨 있지 않았다. 여자는 가방 위에 털썩 앉았다.

"어디로 보내요? 아니 뭘요?"

"아이들요. 더 편한 곳으로 보냈어요."

여자의 말을 이해할 수 없었다.

"그리고 나도 이젠 좀 편한 일을 하려고요."

여자는 담배꽁초를 발로 밟아 끄며 말했다.

"참 힘든 곳이에요."

"당신 무슨 짓을 한 거야!"

나를 잡았던 여자의 얼굴이 스쳐 지나가는 것 같았다. 그 여자에게 총구를 겨누던 순간이 떠올랐다. 나는 살고자 했다.

나쁜 사람에게서는 냉기가 흘러요. 보이기도 하는데요? 경찰이면서 그런 것도 몰라요? 그러니까 저 여자는 가스가 샐 때처럼 기분 나쁜 그런 게 없다고요. 뭐 따뜻한 사람으로 느껴지지는 않지만 그렇다고 해서 냉기가 흐르는 그런 건 아니에요. 냉장고에 갇혀 봤어요? 난 있는데. 아무튼 와이어 감는 여자한테는 그런 게 없다고요.

아이들의 목소리가 양쪽에서 들렸다. 누가 누구인지도 모를 지경이었다.

"아무 짓도."

여자가 대답했다.

"당신이 상상하고 그런 일이라면 아무 짓도 하지 않았어요."

"더 편한 곳으로 보냈다는 건 무슨 말입니까?"

테이저건에 손을 갖다 댔다. 여자의 눈이 내 손을 쳐다보았다.

"테이저건? 난 아무 짓도 안 했다니까."

"그러니까 아이들은 어딨냐고요!"

"당신, 무슨 일이 있었는지는 모르겠지만 지금 엄청 오버하고 있어요."

눈물이 차올랐다. 내 감정을 제어할 수 없다는 게 이렇게 괴롭고 억울한 일이라니. 여자의 발을 쳐다보았다. 그림자가 달려 있는 것 같은 착각이 들었다.

"참 힘든 곳이죠."

"뭐가요."

"세상이요. 사는 거요. 안 힘들어요? 당신 지금도 온몸에 힘이 들어가서 덜덜 떨고 있잖아."

"내, 내가?"

"살고 싶어서 안달이 났다고."

테이저건에서 손을 떼지 못한 채로 눈에서 눈물이 뚝 떨어졌다. 여자가 주머니에 손을 찔러넣었다 뺐다. 여자의 손가락 사이로 먼지와 모래가 쏟아졌다.

"당신 무슨 짓을 하려는 거야."

"나는 아무 짓도 하지 않아요."

"더 편한, 편한 곳이 뭔데."

"더 나은 곳이요."

여자가 일어나서 다가왔다. 나는 뒤로 물러나면서 테이저 건을 꺼내 들었다. 다시는 흉기를 쓰지 않을 거야. 어떤 것도 흉기로 만들지 않을 거라고 다짐했던 것은 잘못되었다.

"전쟁은 언제든 일어날 거고, 아이들이 제일 피해를 입어요. 애들은 죄가 없는데 말이죠."

"그게 무슨 말입니까?"

"전쟁은 절대 사라지지 않아. 언제든 전쟁이 시작될 거라고요."

"무슨 말을 하는 거예요, 지금! 정신 차려요!"

"당신이야말로 정신 차려!"

"그 애들을 찾아야 한다고요!"

"그 애들만 찾으면 괜찮아요? 찾아야 할 게 그게 전부예요?"

"그게 무슨."

"여긴 괜찮아요. 애들도 괜찮을 거고."

"그래서 어딨냐고요. 내 두 눈으로 확인하기 전까지는 안 돼요. 당신, 어디도 못 갑니다."

눈물이 와르르 쏟아질 것 같았다. 무슨 말을 하는지는 모르겠지만 너무 무서워서, 억울해서 무언가가 와르르 무너질 것 같았다.

"당신은 어때요?"

"뭐요?"

여자가 몇 초 동안 나를 바라봤다. 그녀를 체포해야 할까. 아이들에게 어떤 짓을 했을지 모른다고 생각하면 어떻게든 여자를 잡아야 한다. 하지만 어떤 일이 일어났는지도 모르고, 일단 그녀의 눈이 너무나 피곤해 보였다. 참 힘든 곳이라는 말도 진심으로 들렸다. 여기는 괜찮다는 말은 또 무슨 뜻인지, 나는 어떻겠냐는 말은 또 무슨 헛소리인지 당최 알 수 없었다.

"당신은 당신의 전쟁으로부터 자유로운가요?"

여자는 가방을 들쳐 메고 뒤를 돌아 골목 끝으로 사라져 갔다. 돌아서서 걸어가는 여자의 발뒤꿈치 끝에는 분명히 그림자가 붙어 있었다. 사라지는 중인지 돌아오는 중인지는 알 수 없었다. 여자의 눈이 피곤해 보였다는 것을 다시 떠올렸다.

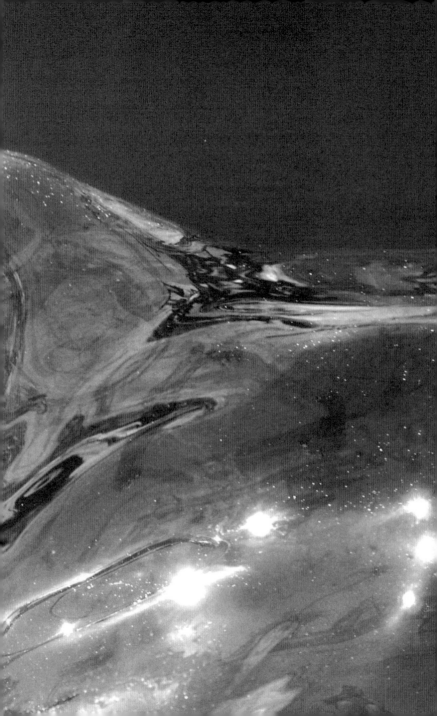

빈 노래의 자리

아홉쿰티, 일명 사막의 노래가 또 약에 취해 실려 갔다는
이야기를 들었다.

"오늘도 약이라니."

야민이 큰 문제라는 듯 미간을 찌푸리며 말했다.

"서하도 조심해요."

"그래. 하지만 나는 우주에 다녀온 적이 없잖아? 그 약이
어떤 건지도 잘 모른다고."

"우주가 문제가 아니죠. 약에 취하는 건 대체로 사는 문제
때문이라고요."

아홉쿰티가 취해 있는 약물은 우주인 생활을 한 사람들이

종종 중독된다는 약물이었다. 원래는 갑작스런 중력 변화에 멀미를 줄여 주거나 두통을 예방하는 약으로 쓰였다고 한다. 우주시대 1세대 사이에서는 어느 정도 복용량을 지키며 사용되었던 것 같지만, 지금은 위험 약물로 분류되어 구하기도 쉽지 않다. 대량으로 약물을 복용하면 멀미나 두통은 사라지지만, 공중에 붕 뜨듯이 현실감각이 사라진다고 했다. 우주에 다녀온 사람들은 늘 우주를 그리워했다. 무중력 상태를 그리워하는 것 같기도 했다.

사람들은 약물에도 취했고, 우주에 있는 듯한 환상에도 취했다. 그래서 아훔쿰티는 자꾸 어디선가 약을 구해 왔다.

취한 사람들은 겉으로 보기엔 차분했지만, 머릿속에서는 전쟁과 광휘 혹은 광기 같은 것들이 뛰어다니는 모양이었다. 아훔쿰티는 우주인 생활을 12년이나 한 베테랑 로켓 기사였다. 마지막으로 탔던 로켓에서 무슨 일이 있었는지는 모르겠지만, 그는 마지막 로켓 우주선을 떠나며 다시는 우주를 떠돌지 않기로 다짐한 모양이었다. 대신 그는 우주선에서 입에 물고 살았던 약물을 떼어 내지 못했다.

"우주의 중심에 있다는 상상 안 해 봤어요?"

"어?"

"그런 게 아닌가 싶어서. 약에 자꾸 중독되는 거 말이야."

"응."

야민이 말을 툭 던지고 창고에서 나갔다.

사막의 노래는 어디서 왔을까? 로켓 말고 그가 처음 출발한 고향 행성이 있겠지? 그러고 보니 그가 어디에서 왔는지, 고향이 어딘지 물어본 적이 없다. 떠돌기만 하던 삶을 왜 굳이 여기에 붙잡아 두고 있는 걸까? 마지막 항해에서 무슨 일이 있었는지 알고 싶은 건 아니다. 그저 왜 남아 있는 삶을, 정착하는 삶을 선택했는지 궁금했다.

그를 제외한 내 주변의 모든 사람은 언젠가 떠나는 것을 생각하며 산다. 그는 왜 나처럼 한곳에 남아 있는 삶을 선택한 것인지 궁금하다. 나는 아직 무엇도 선택하지 않았고, 애초에 나에겐 선택지가 없다는 느낌이다.

그래서 내 이야기를 할 수 있는 사람은 오히려 사막의 노래뿐일 듯하다. 하지만 그는 언제나 운전을 하고 있거나 약에 취해 있었다. 그와 만날 수 있는 시간은 아이들을 태우고 이동하거나 출퇴근하는 짧은 시간뿐이다. 둘만의 대화를 할 기회는 없었다.

그가 약에 중독된 시점이 궁금하다. 그가 항해를 하던 때에는 이미 금지 약물로 지정되었을 텐데 그 약을 어떻게 접하게 된 것인지, 어쩌다 계속 의존하게 된 것인지. 무엇에 가장 취해 있는 것인지, 무엇으로부터 떠나 있고 싶은 것인지. 그저 중력에서 벗어나 떠다니고 싶은 것이라면 다시 로켓이나 우주선에 오르는 게 낫다. 하지만 그는 그 대신 약물을 선택했다.

여기는 반가비 우주전거장이다. 반가비 우주정거장은 우주시대 1세대 이전에 만들어진 정거장으로 모든 시설이 낙후되었다. 우주연합정부에서 재개발에 대해 종종 언급했지만, 실제로 무언가가 바뀐 적은 없다. 공사 장비를 실은 우주선이 온 적도 없다. 반가비에서 일하는 사람들도 그런 일을 기대하지는 않았다. 언제 무너질지 모르는 선착장에 무거운 공사 장비들이 와 봤자 멀쩡한 건물들마저 위험해질 것이다. 이곳은 아예 모든 것을 처음부터 새로 지어야 하는 모래성 같은 곳이다.

하지만 어쩌면 그건 핑계다. 중력과 떨어져서 무게를 최대한 덜어 내는 방법도 있을 것이다. 둥둥 떠다니며 일부를 고치고, 또 그 다음 일부를 고치고……. 그런 식으로 고치고, 교체해 나가다 보면 언젠가는 반가비의 심장에도 안전히 도달할 수 있지 않을까? 어차피 거대한 우주선들이 하루에도 몇 번씩 선착장에 정박했다. 그들이 떠나면 반가비는 둥- 둥- 소리를 내며 흔들렸다.

사람들은 외면하고 싶은 것 같다. 영원히 고칠 수 없는 몸을 바라보는 환자처럼 차라리 외면하는 게 속이 편한 것이다.

1세대 이전에 만들어진 시설은 지구가 완전히 망가지기 전에 몇몇 국가들의 협력으로 지어진 경우가 많다. 반가비는 캐나다의 기술자들과 중국의 자본이 들어간 정거장이다.

타원형의 반가비는 서쪽과 동쪽의 둘레가 길쭉한 형태로 긴 다리와 높은 탑이 등대 역할을 하고 있다. 서쪽과 동쪽으로 주요 시설들이 나눠져 있었는데, 선박형과 우주선과 트레일러들이 오갈 수 있는 정박항은 서쪽에 있었다. 동쪽으로는 넓게 일반적인 정거장이 퍼져 있고, 일정한 간격으로 로켓 발사대가 서 있었다. 그 사이사이로 정비소가 들어서 있었다. 아버지들은 정비소를, 어머니들은 식당을 하는 집이 많았다. 우리도 그런 가게에서 아르바이트를 하며 자랐다.

내가 어릴 때만 해도 센트럴시티에 온갖 연구소들이 들어서 있었지만, 지금은 황폐하게 빈 건물들만 남아 아이들의 괴담이 만들어지곤 했다. 얼마 전에도 우리 반 꼬맹이가 센트럴시티에는 유전자조작 실험에 실패한 괴물들이 산다던데요, 하고 요란을 떨었다. 하지만 센트럴시티에는 여러 국가에서 파견된 군대와 경비대가 있었다.

센트럴시티의 경계선에는 관제탑과 천문관측대가 있다. 관제탑과 천문관측대는 쉬는 날이 없었고, 주변 공터에서는 젊은이들의 폭주가 매일같이 이어졌다. 북쪽과 남쪽으로 주거 구역이 나뉘어 있었지만, 반가비의 사람들은 비슷한 형편으로 살아간다. 이주 행성을 정하지 못해서 이곳에 정착한 사람들은 없었고, 행성 이주에 필요한 돈이 없어서 정착한 사람들이 태반이었다.

우리 집도 자세한 얘기는 하지 않았지만, 그런 사람들로부터 시작되었을 것이다. 할아버지가, 그리고 아버지와 엄마가. 그래서 나 역시 반가비 우주정거장에서 태어나 우주정거장에서 자랐다.

나는 연애도 하지 않고 취미 생활도 없는 30대다. 내 삶에서도 가장 지겨운 것은 30년 넘게 엄마와 함께 살고 있는 집이었다. 막상 집을 떠날 생각을 하면 늘 설명할 수 없는 무언가가 내 발목을 잡았다. 엄마는 아직 건강하게 일을 하고 있고, 내가 집을 나간다고 해서 속상해할 사람도 아니었으므로 '엄마'가 이유는 아니다. 어떤 존재나 사건 때문이 아니라는 결론도 내렸다.

굳이 설명을 해 보자면 집 그 자체에 내 영혼의 일부를 떼어 묻어 놓은 것 같은, 묘한 감각이 있었다. 하지만 집 어디서도 그런 흔적을 찾을 수 없었다. 내 영혼을 묻어 놓은 곳? 그런 곳이 있을 리 없다. 오히려 언니의 영혼이 닿아 있는 것들만 자꾸 발견되었을 뿐이다.

이런 생각을 하다 보면 별것 없는 집에 집착하게 되었다. 집과 나를 분리하는 일에서 시작된 생각이 집에 집착하게 했다. 어떻게 하면 분리될 수 있을까, 혹은 어떻게 하면 그 묘한 감각의 근원지를 찾을 수 있을까. 아홉쿰티가 물고 사는 약을 떠올렸다.

"한 번쯤은 괜찮지 않을까?"

야민이 들으면 기겁할 일이었지만, 실은 나는 그 약이 그다지 위험하다고 생각하지 않는다. 약물 중독으로 우주정거장에서 뛰어내린 사람이라든지 누군가의 목을 조른 사람의 이야기는 들어 본 적이 없다. 오히려 취한 채 쓰러져 있다가 아무것도 하지 못하고 죽은 사람들의 이야기뿐이었다. 우주 시대에 그런 죽음은 꽤 아름답지 않은가 생각하기도 했다.

야민은 나와 함께 사회복지센터에서 일하는 친구다. 아홉쿰티는 우리 사무실과 몇몇 거래처에서 운전기사로 일하고 있다. 어떤 일에도 쉽게 흥분하지 않았고, 운전도 차분하게 했다. 그의 눈 속에 있는 우주가 언제나 광활하게 빛나고 있어서 이곳의 모든 것이 소박하게 느껴지는 건 아닐까. 그는 다시 로켓에 오르지 않겠다고 말했지만, 내 눈에는 그 역시 언제든 다시 우주로 달려 나가고 싶은 것처럼 보였다.

야민은 1급 행성에서 온 것으로 알고 있다. 부모를 떠나 독립을 할 때에는 아주 다른 곳으로 가는 게 좋겠다고 생각했단다. 야민은 이제 21살이었지만, 덩치 때문인지 꼼꼼한 일처리 때문인지 늘 나보다 어른 같아 보였다.

나는 반가비 우주정거장에서 아이들을 전담으로 하는 사회복지사다. 우주정거장에서 미아가 된 아이들을 돌보는 복지 시설에서 교사로 일한다.

우주정거장에서 일하니 우주여행을 떠나는 게 쉽겠다고 말하는 사람들이 많지만, 그건 아주 큰 오해다. 기차역에서 일하는 사람들이 역을 떠나지 않는 것과 같다. 버스 운전기사가 정해진 노선을 따라 달려야 하는 것처럼. 나는 우주인도 아니고, 승무원도 아니고, 여행객도 아니다.

나는 단 한 번도 우주여행을 떠나 본 적이 없다. 그럴 만한 돈이 없어서였고, 그럴 만한 이유가 없어서였다. 야민은 '그럴 만한 기회가 없었던 탓'도 해야 한다고 했다. 하지만 무언가를 탓하는 것은 내 성격에 맞지 않았다.

야민은 장애 아동을 전담으로 일하고 있다. 보조 교사로 일하고 있지만, 이름만 '보조'일 뿐 '선생님'으로서 충분한 자질을 가지고 있는 것 같다. 야민이 특수 교육이나 복지 관련 공부를 했는지는 모른다. 20살 때 자기 행성을 떠나 처음 도착한 우주정거장이 반가비였고, 그는 반가비의 무언가에 이끌려 한동안은 이곳에 있기로 마음먹었다.

우리는 취업사무소에서 연계해 준 반가비 역사 수업에서 처음 만났다. 나는 한 달에 두 번 정도 반가비의 주민으로서 역사 수업의 도우미로 봉사활동을 하고 있었다. 우리가 처음 대화를 나눈 것은 야민이 마지막 수업을 듣는 날이었다.

내가 복지센터에서 일하고 있다고 말하자 반짝거리던 눈이 기억난다. 그는 며칠 뒤 보조 인력으로 우리 사무실에 나타났다. 처음에는 우주 사고로 가족도 기억도 잃어버린 사람들이 입원하는 반가비 3응급센터에서 간병인으로 일했다. 덩치가 큰 그는 사람들을 번쩍 안아 올렸고, 투박한 손으로 꼼꼼하게 환자들을 닦이고 입혔다. 그런 싹싹한 점이 센터장의 눈에 띄어 우리 시설에 보조 교사로 들어오게 되었다. 특히 그는 통제가 어려운 10대 중반의 아이들을 잘 다뤘다.

그러나 야민도 영원히 이곳에 정착할 생각은 아닌 것 같다. 언젠가 전문적으로 특수 교육 공부를 해 보는 게 어떻겠냐고 물었을 때, 야민은 곤란하다는 듯 머쓱하게 웃었다. 그리고 그는 언제까지 이곳에 있을지 모르겠다는 말을 남겼다.

결국에는 다들 떠나는 날을 생각하는 것 같다. 구체적이지는 않아도 언젠가 '당연히' 떠날 수 있다는 생각을 가지고 사는 것이다. 내 발목을 잡고 있는 이상한 '집'의 감각 때문에 점점 집이 무서워진다. 너무 의식하면 아주 가까운 것도 낯설어졌다.

퇴근길에 지나가는 길은 어려서부터 다니던 길이다. 반가비는 시설 정비와 도로 공사로 길이 자주 뒤집혔는데, 동네 골목길만은 내가 어려서부터 밟던 길 그대로다. 이 작은 길들이 이어지고 이어져서 언니를 우주로 내몰았다고 생각하면 이상했다. 나는 이 골목에서 친구들과 땅따먹기를 하고, 자전거를 타고, 술래잡기를 했다. 새로운 음식점이 생기면 친구의 손에 이끌려 뛰어갔고, 해질녘엔 괜히 마음이 이상해져서 바닥을 탁탁 차며 걸었다.

다 닳아 버리지 않은 게 신기할 정도로 오래된 이 길 위에선 누구나 집으로 갈 것 같다. 즐겁든 외롭든 아주 자연스럽게 집으로 발이 향할 것이다. 그런 주문이 걸려 있는 길이라고 생각했다. 그 주문으로부터 도망가려고 옆 골목으로, 또 뒷골목으로 돌아가다 보면 어린 시절의 학교에 도착했다. 특별히 기억나는 것도 없지만, 그렇다고 의미 없는 장소는 절대 아닌 학교. 그럼 학교에 괜히 들러 본다. 언니가 다니고, 내가 다니고, 그리고 우리 시설 아이들이 다니게 될 학교.

편의점에서 술과 간식거리를 사 들고, 집이 있는 골목에 들어섰다. 첫 번째 집에 환하게 불이 켜져 있었다. 이모와 원우 오빠가 사는 집이다. 사이가 좋은 모자가 저녁 내내 불을 켜 놓고 대화라도 하고 있나 싶어 웃음이 나왔다. 두 집 건너 우리 집을 바라보니 불이 꺼져 있었다. 엄마는 자고 있거나 밤 근무를 나간 모양이다.

현관에 조용히 들어서다 다시 돌아 나와 마당에 섰다. 마당에는 아버지가 돌보던 나무가 있고, 어린 우리를 기다리며 장부를 쓰던 엄마의 테이블이 있고, 언니가 타고 다녔던 플쿠터가 녹슬어 가고 있다. 언니는 플라잉 스쿠터 면허를 따기 위해 한 계절 내내 친구의 플쿠터를 빌려 연습했다. "우주로 떠나기 위해서 이 정도는 쉽게 해내야지!" 했으면서도 날개 달린 쇳덩어리에 익숙해지기까지 한 계절이 꼬박 걸렸다. 그리고 면허를 따자마자 당당하게 중고 플쿠터를 끌고 와 파란색으로 도색을 했다. 언니가 떠나고 홀로 남아 녹슬고 있는 파랑은 지저분했다. 하얀 철제 테이블과 어울리지 않는 하얀 나무 의자도 칠이 벗겨지고 있었다. 이 집 마당에 있는 모든 것들이 시간이 지나면서 흉측해졌다. 그래서 평소에는 훌쩍 지나치기만 했던 마당이었다. 거칠거칠하게 결이 갈라져 있는 의자에 걸터앉았다. 모두가 사라지고 나만 남은 느낌이었다.

"우주정거장에 사는 사람들이 왜 잘 실종되는지 알아?"

언젠가 원우 오빠가 느닷없이 사무실에 놀러와서 나에게 했던 말이다. 언니가 실종된 지 1년쯤 지났을 때로 기억한다. 사무실의 온도 조절 장치의 히터 기능이 고장 나서 발이 시리다 못해 아팠다.

"왜?"

"다들 잠시 있다 떠나는 곳에서 계속 살고 있으니까. 사람들이 떠나는 걸 지켜보는 게 힘든 거지."

"오빠도 힘들어?"

"가끔은."

"나는 별로 그런 게 없어."

"어쩌면 너 같은 사람들이 더 살기 쉬운 곳일지도 모르지."

"나 같은 사람?"

"응. 타인에게 집착하지 않는 사람."

오빠는 마시고 있던 커피 캔을 쓰레기통에 던져 넣었다. 내가 상처받지 않을 것이라는 걸 알고 굳이 나에게 찾아왔다는 것을 안다. 오빠가 다른 사람에게 그런 이야기를 했다간 오빠가 상처를 받았을 테니까. 가족을 잃은 사람들은 지워지지 않는 자국이 생기곤 했다. 나에게는 그런 자국이 비교적 옅었다. 그에 비해 오빠는 그런 자국이 구멍처럼 뻥뻥 뚫려 너덜너덜해 보였다.

원우 오빠에게 언니가 특별했냐고 묻는다면 '아마도'라는 대답을 하고 싶다. 오빠는 언니가 사라지고 1년 동안 우주선 청소부 일을 했다. 우주인이나 승객들을 통해 외부 소식을 듣기 좋다는 이유 하나였다. 어디선가 만난 누군가에게 언니의 소식을 들을 수 있지 않을까 하는……. 나는 전혀 상상도 해 보지 않았던 일이었다.

나는 언니가 실종되고 난 후에도 아무 일 없었다는 듯이 학교를 다녔다. 학교를 졸업하고, 실습 현장에 나가 아이들을 돌보는 삶을 선택했다. 우주정거장에서 미아가 된 아이들을 키우는 복지센터의 돌봄 교사 일. 나처럼 가족을 잃어버린 아이들이 들어와서 어두운 낯빛으로 살아가는 곳. 그런 곳에서 일하면 괴롭지 않겠냐고 원우 오빠와 이모가 말렸다. 나는 오히려 가족을 잃어버린 경험을 해 본 사람이 버틸 수 있는 곳이라고 생각했다. 아이들에게 상처를 주고 싶지 않았고, 그런 부분에서는 내가 제법 괜찮은 선생님이 될 수 있지 않을까 했다. 물론 생각보다는 힘든 일이었다.

언니는 아홉쿰티처럼 오랫동안 우주인 생활을 했다. 언니는 어려서부터 집을 떠나고 싶어 했다. 우주정거장에서 나고 자란 사람들이 늘 달고 사는 말처럼 언니는 '우주정거장 부족의 아이러니한 운명' 같은 말을 뱉으며 툴툴거렸다. 아버지는 그런 언니를 데리고 정박항에 나가는 걸 좋아했다. 나는 그런 둘의 뒷모습을 바라보는 쪽이었다.

"몇 걸음만 걸으면 무한히 열려 있는 우주로 떠날 수 있는 우주선들이 있는데, 이게 뭐냐? 맨날 하는 일이라곤 우주인이나 수많은 외계인의 뒤치다꺼리지, 지겨워."

결국 이곳을 떠나기 위해 우주인 훈련을 받고, 언니는 '무한히 열려 있는 우주'로 떠났다. 그리고 우주에서 실종되었다. 깊은 수심과 수압에 중독된 잠수부처럼 우주로 뛰어들던 언니는 무언가와 충돌하며 사람들의 시야에서 영원히 사라졌다. 그 위치가 정확히 어디인지도 모르고, 날짜가 언제인지도 잘 모르겠다. 같은 우주선에 있던 기장과 직원들이 자세한 설명을 해 주었지만, 나도 엄마도 알아들을 수 있는 건 언니가 영원히 우주를 떠돌게 되었다는 것이다.

언니를 잃어버리기 전에 아버지는 우주 교통사고로 다리를 잃었다. 그리고 언니의 실종 이후 아버지는 완전히 정신을 놓았다. 아버지는 지금 정신병원에 입원해 있다. 엄마는 큰딸과 남편을 동시에 잃어버린 것이다. 하지만 이건 아주 특수한

비극이 아니다. 우주정거장 사람들에게는 흔하게 들려오는 사고 소식 중 하나일 뿐이었다. 우리가 언니와 아버지를 잃기 불과 1년 전, 이모는 이모부를 잃어버렸다. 그 또한 수많은 사고의 단편이었다.

반가비의 사람들은 떠나거나 누군가를 잃고 돌아오거나 한다. 평생을 우주를 떠돌며 살았던 이모는 이모부의 사고 이후 정거장에 완전히 정착했다. 더 이상 떠나지 않기로 다짐하면서 가정용 소형 우주선도 팔아 버렸다. 동생과 아들 곁에서 사라지지 않는 가족이 되기로 결심한 것이다. 그건 원우 오빠도 비슷한 것 같았다. 나도 일단은 엄마와 함께 사는 집에서 떠나지 않고 있다. 하지만 그건 가족을 위해서가 아니다. 여기에 남아 있고 싶어서도 아니다.

언제나처럼 아홉쿰티는 천천히 운전했다. 친구의 결혼 청첩장을 받기 위해 오랜만에 마을버스에 올랐을 때 아홉쿰티가 운전석에 앉아 있었다.

"언제부터 마을버스를 운전했어?"

"저번에 퇴원하고 나서부터."

"왜?"

"더 이상 우주선도 플라이터도 운전할 수 없겠더라고."

"플라이터도?"

플라이터는 속도가 빠른 플쿠터로 생각하면 되는데, 속도가 빠르고 개인이 부를 수 있는 교통수단이라 요금이 비쌌다. '겟플' 어플을 통해 예약이 잡히면 손님을 태우러 나가는 형식으로 운행되었다. 플라이터는 아홉쿰티의 벌이에서 가장 중요한 것이었다.

"약을 끊어 보지."

아홉쿰티가 백미러로 나를 쳐다봤다. 그의 눈은 약간 흐리멍덩했지만, 그럼에도 머리카락은 단정하게 정리되어 있었다.

"아홉, 너는 계속 여기에 있으려는 거지?"

"그게 무슨 말이야?"

"너는 반가비를 떠나지 않을 작정이지?"

"아마도."

"왜?"

"갈 곳이 없으니까."

"갈 곳이 없으면 떠나선 안 되는 거야?"

"글쎄."

하나둘 떠나 버리는 곳이 되지 않았으면 좋겠다. 집이란 누군가가 돌아오는 곳이었으면 좋겠다.

"언니도 가려던 곳이 있었을까."

"미지."

"응?"

아훔쿰티가 뒷문을 열고, 사람들이 내리는 것을 보며 다시 말했다.

"미지라도 가고 싶었겠지."

내가 원하는 건 돌아올 집이 있는 여행 정도다. 하지만 무사히 돌아올 수 있을까. 그것이야말로 미지였다. 결국 나도 떠나고 싶을 때가 있었지만, 잘 모르겠다. 무언가를 잃고 싶진 않다. 그러나 이곳에서만 지내고 싶은 것도 아니다. 이곳을 떠나도 이곳이 사라지는 게 아니고, 내가 사라지는 게 아니었으면 한다. 누구든 어디든 이젠, 사라지지 않았으면 하는 갸륵하고도 외로운 마음이다.

모두가 떠나기만 하는 곳에서 나는 돌아오는 길을 생각하고 있다.

"여기는 모두들 떠나기만 하는 곳인가 봐요."

"응?"

"너무 낡은 곳이라서 그럴까요?"

언젠가 우리 반 아이가 했던 말이었다. 그게 진짜 하고 싶은 얘기였을까? 그 아이가 정말로 하고 싶었던 이야기를 모른 척했다.

아버지는 일을 하다 다리를 잃었다. 반가비를 떠난 적은 없다. 그러니 엄마의 말은 틀렸다. 언니가 반가비를, 집을 떠나 버려서 그렇게 된 게 아니다. 모든 것은 우연일 뿐이다. 그러나 언니의 온전한 몸이 우주 어딘가를 떠다니고 있을 걸 생각하면 그 우연이 얼마나 운명적인지 생각해 보게 된다. 폭발은 아니었으니까 어딘가에 온전히 있지 않을까. 어쩌면 살아 있을 때보다 더 온전히. 그건 좋은 일일까. 실은 무척 외로운 일이 아닐까.

언니는 반가비에 돌아와도 금세 떠나고 싶어 했다. 집에 머무르는 동안에도 늘 자신이 누비고 온 우주를 이야기했다. 돌아와서 좋다거나 잘 쉬다 간다는 말은 한 번도 하지 않았다. 이곳을 떠난 생활에 만족했다는 뜻이다. 그런 언니의 심정을 이해해 보고 싶었다. 그러면 언니가 헤매고 있을 우주와 잃어버린 몸의 세계를 추측해 볼 수 있을 것 같았다. 보이지 않아도 보이는 것처럼, 기억나지 않는 얼굴의 촉감처럼, 나는 언니를 이해하고 싶어서 떠나는 상상을 할 때가 있다.

버스에서 내려 약속 장소에 도착했다. 학교에 다닐 때 과제를 하러 자주 가곤 했던 카페였다. 주인이 바뀐 것인지 간판도 인테리어도 많이 바뀌어 있었다. 친구가 수줍고도 장난기 어린 얼굴로 앉아 있었다.

"여기 원래 이렇게 분위기였나?"

"가게 싹 바꾼 지가 언젠데! 주인도 벌써 여러 번 바뀌었어! 너 설마 학교 졸업하고 한 번도 안 왔던 거야?"

"응."

학교를 졸업하자마자 지금의 복지센터에 취직했고, 그 후로는 출근과 퇴근밖에 모르는 생활을 했다. 업무가 많아서쉴 시간이 나지 않았던 것도 아닌데, 내 생활은 늘 고정되어있었다. 사무실과 집, 보육원과 사무실, 그리고 다시 집. 생각해 보면 학교에 다닐 때도 학교-카페-집이 전부였다. 친구를만날 일이 아니면 번화가에 나오지도 않았다. 20대를 지나30대가 되도록 나는 일과 집밖에 모르는 생활을 했다. 그게편했다.

그래서 아마 반가비를 떠나는 일도 생각해 보지 않았던 것같다.

"그래서 결혼 준비는 잘돼 가?"

"아! 여기. 청첩장."

"고맙다. 축하해."

하나둘 결혼을 해 반가비를 떠나고, 혹은 반가비에서 아이를 키우는 동안에도 나는 그냥 '생활'을 지속했다. 나에게 새

빈 노래의 자리

로운 사람이 생기는 것도 생각해 보지 않았고, 엄마를 두고 집을 떠나는 것도 상상이 되지 않았다.

"집은? 어디에 정착하기로 했어?"

그런데 지금은 이렇게 생각이 많아진다. 정착. 꼭 어딘가에 정착해야 한다면, 지금 딱 정해야 한다면, 나는 입을 꼭 다문 채 굳어 버릴 것이다.

"남편이 워낙 돌아다니는 일을 하니까 우주정거장에서 사는 게 낫겠대."

"그럼 계속 여기에 있는 거야?"

"응. 일단은. 나도 반가비를 별로 떠나고 싶지 않고."

친구도 나처럼 반가비에서 태어나 반가비에서 자랐다. 한번도 이곳을 떠나지 않았고, 이제는 반가비의 아이를 낳게 될 예정이다.

"너는 떠나고 싶진 않아?"

"어딜?"

"그냥. 여기를?"

"어릴 땐 떠나고 싶었던 것 같아. 무작정 여기가 아닌 다른 어딘가로 가고 싶은 거 있잖아. 집도 나오고 싶고. 그런데 그건 어린 시절의 치기니까."

"그런가."

우물쭈물 대답을 하고 나니 내 자신이 한심하게 느껴졌다. 왜 나는 자연스러운 게 안 될까. 남들은 다 평범하게 생각하고 경험하고 지나가는 것들인데, 왜 나는? 그래서 이렇게 이상하고 어색한 어른이 된 것은 아닌지, 이런 어른이 아이들을 키워도 되는 것인지 자신이 없어졌다. 그런 내 얼굴을 눈치챈 친구가 말했다.

"너는, 언니가 너무 일찍 집을 나가서 너에 대해서 생각 못 해 본 게 아닐까."

"나에 대해서?"

"응. 보통 그런 건 형제나 친구가 선택하는 걸 보고 따라하기 마련이잖아."

"그럼 나도 언니처럼 떠날 생각을 해야 됐던 거 아니야?"

"너는 그런 생각을 할 나이가 아니었지. 너무 어렸잖아. 언니가 떠나는 걸 지켜봐야 했고……. 그건 오히려 상실감이 아니었을까? 너는 그냥 언니가 떠나서 슬프고 외로웠던 거야."

"그런가."

"그런가 그런가, 또 시작됐네."

"응."

"난 안정감을 가지고 싶어."

나는 아무래도 고장이 난 것 같아. 아직도 왜 사람들이 떠나는지 혹은 떠나지 않으려는지 모르겠어. 그런 걸 꼭 생각해야 하는지도 모르겠고 말이야. 생각하고 있는 것들이 입 밖으로 뱉어지지 않았다.

"어쨌든. 사람은 돌아올 곳이 있을 때만 떠나는 거니까. 애초에 떠나지 않는 게 잘못된 건 아니잖아? 나도 여기 계속 있었고 말이야. 난 후회 안 해. 여전히 저 바깥이 궁금할 때가 있긴 해도, 안 가 본 걸 후회하거나 실망하지 않아. 언젠가 나가 볼 수도 있는 거고. 그냥 지금의 나는 아니라는 걸 분명하게 알고 있으면 됐지."

혼자 어른이 된 것 같은 친구가 너무 커 보였다.

집으로 돌아오는 길에 다시 마을버스를 탔지만, 아홉쿰티는 보이지 않았다. 지금도 골목 어딘가에 고꾸라져 있는 건 아닐까. 설령 그렇다고 해도 내가 뭘 어쩔 수 있는 건 아니다. 그래도 마주치게 된다면 이것저것 물어보고 싶었다. 왜 떠나는 삶을 선택했었어? 왜 지금은 아니야? 왜 하필 반가비야? 약은 왜 시작하게 된 거예요? 약을 하면서 이곳에 남아 있는 거, 그거 괜찮은 거야?

친구는 말했다. 떠날 곳보다는 언제든 돌아갈 곳이 있었으면 한다고. 언제든 자신을 반겨 주는 곳이 필요해서 그 사람을 만났다고. 그리고 이제는 그 사람과 함께 같은 집에 누위 잠들고 싶다고. 그게 결혼이라고 생각한다 했다. 그래서 자신에게 '집'은 '가정'이고, '언제든 돌아와도 반겨 주는 곳'이라고 했다.

내가 돌아갈 수 있는 곳. 아주 먼 곳에 다녀와도, 집 앞에 나갔다 와도, 갑자기 나가서 장을 보고 오고, 하루 종일 떠나 있다가 퇴근해 돌아와 잠을 잘 뿐이기만 해도, 그래도 괜찮은 곳. 그래서 돌아갈 수 있는 곳이 집. 그렇다면 내가 집과 분리되지 않는 것 같다고 느끼는 게 조금 이해되는 듯하다.

내가 돌아와 두 발 붙이고 있을 땅을, 몸이 누울 방을 감각해 보고 싶은 것이다. 출발한 곳이 있으면 도착할 곳도 있고, 돌아올 곳도 있는 완전한 여행을 상상한다. 그건 아마 원 같을 것이고, 평범한 하루 같을 것이다.

언니가 매번 다시 떠나던 것도 여행의 연속이라고 이해해도 될까. 언니는 분명 '여행'이 아닌 '떠남'을 말하곤 했지만, 언니는 아주 긴 여행을 좋아했을 뿐이다.

이 오래된 우주정거장에는 어떤 이유로든 정착해서 살아가는 사람들과 정착하지 않으려고 하는 사람들이 있다. 나는 언니가 아니다. 그렇지만 이모도 아니다. 가족 때문에 이곳에 남아 있을 생각도, 아홉쿰티처럼 약에 취해서 남을 생각도 없다. 약에 취해 보고 싶을 때도 그 힘으로 이곳에 눌러앉을 생각은 아니다.

그날은 아이들과 연극을 보고 보육원에 돌아와, 시끄럽게 떠들며 잠들지 않으려는 아이들에게 시달린 날이었다. 새벽이 되어서야 아이들이 하나둘 잠들었고, 나도 함께 잠시 잠들었다. 그날 본 연극은 특별한 게 없었는데 아이들에게는 무척 즐거운 일이었던 모양이다. 그날은 왠지 집에 들어가기 싫었다. 고요한 웃음을 지은 채로 잠든 아이들을 오랫동안 들여다보았다.

새벽 늦게 퇴근하는 길, 길거리에 널브러져 있는 아홉쿰티를 보았다. 사막의 노래, 아홉쿰티의 이름 뜻이 사막의 노래라고 했었다. 지금 그는 반가비라는 아주 오래된 우주정거장의 더러운 골목 아래 작은 사막이 되어 흩날리고 있다.

아홉쿰티 옆에 앉아서 멀지 않은 정박항 쪽을 바라보고 있었다. 내일을 위해, 혹은 언젠가의 출발을 위해 정비를 보고 있는 우주선 불빛들이 보였다. 약에 취해서 보는 저 빛들은 어떻게 보일지 궁금했다. 비에 번진 빛처럼 보일까, 안경이 부서진 사람의 시야처럼 깨져 있을까.

"아홉."

"어어……"

"왜 또 취한 거야. 어디서 났어, 약?"

"……왜. 너도 필요해?"

"그 약은 더 이상 판매되지 않는 거 아니야?"

"우주선이 들어오지 않는 곳이 되어도 약은 유통될걸."

"나 정말 궁금해서 묻는 건데, 아홉."

"으응……."

"아홉은 왜 약을 하는 거야? 왜 여길 떠나지 않아? 왜 사막의 노래라고 불리는 거야?"

"하나씩, 하나씩만 물어봐. 어지러워."

"……대답을 바라는 건 아니야."

"어려운 질문을 참 쉽게도 하네."

"나는 네가 제일 부러워."

"무슨 말이야?"

"취해서 아무 생각도 안 해도 되잖아?"

"아무 생각도 하고 싶지 않아서 취해 있는 거지."

"사고 때문이야?"

"꼭 그것 때문만은 아니지. 내가 떠나왔기 때문이지."

"돌아가면 되잖아."

"돌아갈 곳이 없다면? 그땐 여행이었던 시작도 여행이 아니게 된다."

"사막의 노래."

"응"

"왜 사막의 노래일까. 넌 정말 모래알 같아. 곧 흩어질 것 같아."

"그게 우리 행성의 언어였으니까."

이윽고 아훔쿰티는 고꾸라졌다. 나는 그를 옮길 만한 장정이 아니었으므로 보육원의 담요 하나를 가져와 그에게 덮어 주고 집으로 돌아갔다.

그날 집에 돌아와 보니 엄마가 거실에서 모니터를 켜 놓은 채로 잠들어 있었다. 조금 추운지 계속 몸을 웅크리고 있었다. 엄마에게도 담요를 덮어 주었다. 그러고는 다리를 쭉 펴 조금 주물러 주었다. 엄마는 아버지를 병원에 입원시키고 난 뒤부터 안방에서 잠들지 못하는 것 같다. 거실 소파에 기생하듯이 소파에서 잠들고, 소파에서 쉬고, 소파에서 빨래를 개고, 소파에 수건을 쌓아 두었다.

언젠가는 소파에서 그림을 그리는 것을 본 적도 있다. 나와 언니를 키우는 동안 제대로 완성한 적이 없었던 그림이었다. 그림의 윗부분에는 La Musique라는 단어가 쓰여 있었다. 그림 속에는 한 여인이 악기를 들고 있었다. 엄마는 그 흔한 콧노래도 잘 흥얼거리지 않는 사람이었다.

나는 그런 엄마를 좋아했다. 조금 특이하기도 하지만, 평범한 엄마를 좋아했다. 오랜만에 엄마 옆에서 잠들고 싶었다. 샤워를 하고 나와서 머리카락을 대충 말리고 소파 옆에, 빈 카펫 위에 누웠다. 그다지 깨끗하지 않을 카펫을 손으로 쓸어 보았다. 쿠션을 베고 누운 머리에서 두 뼘 정도 거리, 카펫에 네모난 자국이 나 있었다.

'언젠가 여기에 탁자가 있었지.'

언제부터 있었던 탁자였는지, 언제 치웠는지 생각하다가 그대로 잠이 들었다.

"어제 사막의 노래가 또 취한 걸 봤어요."

아이들의 낮잠 시간을 이용해 세탁물을 개고 있었는데, 야민이 말을 걸었다.

"응. 나도 봤어. 내가 담요 덮어 주고 집에 갔거든."

"아, 그래서 아침에 담요를 갖다줬구나."

"담요를 돌려줬어? 기억이 있긴 했나 보네."

"오늘 아침까지도 약기운에 절어 있었는데요."

"응."

"중얼거리면서 돌아가더라고요."

"어딜? 아니 뭘 중얼거렸는데?"

야민이 아이가 토한 옷을 빨면서 아훕쿰티가 중얼거리던

말투를 흉내 냈다. 아, 이렇게 말했나? 저렇게 말했나? 하면서.

"맞다. 사막의 노래요. 모래 행성 출신이래요."

"모래, 행성?"

"네. 거기 몇 년 전에 전쟁이 있었던 곳이죠?"

"전쟁……"

전쟁으로 폐허가 된 행성으로는 돌아갈 수가 없다. 그건 제1우주시대 우주생활법의 한 항목이기도 하다. 전쟁을 겪은 사람들은 대부분은 반가비와 같은 우주정거장에 주소지를 등록하고 살아간다는 다큐멘터리를 본 적이 있다. 돌아갈 수 있는 행성이 있는 것도 아니고, 다른 행성으로 이주를 해서 사는 것도 쉽지 않기 때문이다. 게다가 우주정거장에서 생활할 경우 여러 우주선과 우주인들을 만나 행성의 소식을 들을 수 있다는 것도 큰 이유였다.

모래 행성, 사막의 노래. 아홉쿰티가 잃어버린 집을 상상해 보았다. 그가 살던 행성에서 그의 언어가 어떤 소리를 내었을지도 상상한다. 노래. 모래의 행성에서 '사막의 노래'로 살아가는 사람은 어떤 사람이었을지 상상이 되지 않아서 울컥 눈물이 차올랐다.

가족들은 모두 죽었거나 포로가 되어 다른 행성으로 끌려 갔을 것이다. 요즘 세상에 포로 같은 게 어디 있느냐고 할지도 모르지만, 사전에 탈출하지 못한 주민들은 자발적으로 자신이 있을 곳을 선택하지 못했을 것이다. 그 사실을 받아들이고 싶지 않다. 빈집을 보고 싶지 않다. 출입할 수 없는 행성에 발을 딛고 싶지 않다. 그게 아홉쿰티의 마음인지도 모른다.

물론 야민이 잘못 들은 것일지도 모른다. 모래바람에 관한 이야기였을 수도 있고, 그렇다면 아홉쿰티는 '모래 행성'의 '모래'와는 상관이 없다. 전쟁과 가족과 빈집과도 상관없이 약에 취해 있는 것일지도 모른다. 그러나 정말 전쟁으로 폐허가 된 모래 행성이 그의 고향이라면, 그는 내가 돌보고 있는 우주 미아들과 다를 바 없다. 그냥 우주 교통사고로 인한 고통에 약을 끊지 못하는 것도 아닐 것이다. 그는 더 깊은 어둠과 혼란 속에서 헤매고 있는 것이다. 그렇기 때문에 더더욱, 그에게 직접 물어볼 수는 없다.

"어디서 들었어? 모래 행성 말이야. 아홉이 직접 말한 건 아니지?"

"네. 센터장님한테 들었어요. 오늘 아침 회의 끝나고 나서요."

"그래. 모래 행성, 그렇구나."

"지금 그건 아니었으면 좋겠다, 하고 있죠?"

"응?"

"지금 서하 표정이 딱 그래. 아니라고 하지 마요."

"응. 맞아. 그건 아니었으면 좋겠어. 나는 우주 미아를 돌보는 일이 너무 슬프니까 말이야."

"……그런데 왜 이 일을 하는 거예요?"

"야민, 너는 돌아갈 곳이 있잖아."

"그건 서하도 그렇지 않아요?"

"나? 그런가?"

"무슨 말이에요. 집이 있잖아요."

"집……"

집을 떠올렸다. 엄마가 잘 눕는 소파가 있고, 카펫과 탁자 자국과 마당의 철제 테이블이 있고, 칠이 벗겨진 나무 의자와 언니의 플쿠터, 아무도 타지 않는 언니의 플쿠터가 있다.

"언니에게도 분명 그런 곳이 있었을 텐데. 그런데도 돌아오지 못하고 있는 거야."

"언니가 있어요?"

응. 있었어. 나는 언니가 있던 곳이 탁자가 있던 자리의 자국같이 존재하고 있다고 믿어. 나는 언니가 떠돌고 있는 우주의 빈 공간을 생각한다. 언니가 멈춰 있을지도 모를 어느 땅도 상상해 본다. 거기에 정착했다고는 할 수 없겠지. 사막의 노래가 약에 취해 굴러다니듯이 언니가 구르지 않기만을 바랐다.

작
가
의
말

부끄러운 시간이 너무 길었다. 아직도 첫 책의 책장을 펼쳐 보지 못했다. 부족한 작품이었으나 누군가에게 읽힐 수 있었던 것에 감사하다. 좋은 작품에 대해 고민하고, 나에 대해 배우며, 좋은 작가가 되기 위해 노력했다. 이번 책은 기쁜 마음으로 책장을 열어 볼 수 있길 기대한다.

표제작이 된 「17일의 돌핀」은 관계에 관한 이야기라고 생각하며 쓰기 시작했다. 너무 다른 두 사람이 서로를 위해 노력하는 '관계'에 대한 이야기. 그러나 마지막에 도달했을 때 이것은 개인에 관한 이야기라는 것을 알 수 있었다. 앞으로 가는 사람도 뒤로 가는 사람도, 소리가 들리지 않는 사람도 아이 같은 사람도 모두 나였고 너였다. 하나의 사람이 된 것처럼, 우리가 쓴 작품처럼 느껴진다. 이 작품을 소중한 너에게 선물한다.

「바닷가의 모리유」는 애정하는 작품 <에반게리온>에서 아이디어를 빌려 왔다. 대학원에 다니고 있었던 2019년에 쓴 작품으로 처음 소설을 썼을 때의 느낌을 살려 두기 위해 최소한의 교정만 보고, 내용은 수정하지 않았다. 당시 공부를 하며 글을 쓸 때 도움을 주었던 책, 아즈마 히로키의 『동물화하는 포스트모던』(문학동네, 2007)이 기억난다.

「재생되는 소녀」와 「My First Bunny」는 같은 인물에서 출발한다. 하지만 두 이야기는 초점이 어디에 맞춰지냐에 따라 전혀 다른 결말을 향해 간다. 둘 다 번아웃이 온 사회인이 '드림플레이어'라는 기계를 통해 꿈 치료를 받는다는 것이 기본 내용이지만, 두 작품의 엔딩은 전혀 다르다. 나는 빈티지 토끼 인형을 모으는 취미가 있는데, 그중에는 유아 용품인 딸랑이 인형도 있다. my first bunny가 쓰여 있는 딸랑이 인형에서 '공생'과 '모성애'라는 키워드를 떠올리게 되었다. 그렇게 타곳이라는 낯선 존재와 함께 살아가는 두 번째 엔딩이 만들어진 것이다. 이에 관해서는 독자마다 자유롭게 생각할 수 있었으면 좋겠다. 그것이 누구의 모성애가 되었든 어떤 존재와의 공생이 되었든 말이다.

「로기」와 「외계인이 냉장고를 여는 법」은 자전적 소설이다. 사람들과 거리를 두고 살아가는, 그렇게 살 수밖에 없는 자폐인의 모습을 그린 작품이다. 자폐가 아닌 다른 장애나 질병을 대입해도 좋다. 자신을 외계인으로 인식하는 아이는 누구에 의해 외계인이 되었는가? 자신이 인식한 모습인가? 타인이 아이에게 '넌 외계인이야'라고 알려 준 것은 아닌가? 나는 여기에 대답할 수 없다. 다리를 잃은 로기가 다리가 자라나는 환상에 깜짝 놀라 깨고도 울지 않는 것처럼. 인간의 능력 밖에서 일어나는 일에 대해 설명을 붙이는 대신 소설을 썼다.

「완벽한 그림자의 오후」는 2019년 즈음 '그림자'의 존재에 집착하며 쓰게 된 소설이다. 어느 날 저녁 퇴근하고 집에 들어왔는데, 그림자가 보이지 않는다면? 그림자는 트라우마와 관련되어 있다는 것을 작품을 다 쓰고 난 뒤에야 발견했다.

「빈 노래의 자리」는 관계에도 당연히 유통기한이 있지 않을까 생각하던 시기에 쓴 이야기다. 어른이 되면 익숙해질 줄 알았는데, 어떤 일들은 어른이 되면 더 낯설고 어색해진다. 어른이 된다고 해서 모든 것에 능숙해지는 것은 아니다. 때로는 아이보다 더 상처받을 수 있다. 어른도 안기고 싶고, 쓰다듬어지고 싶다.

여덟 편의 이야기를 한 번 정리한 후, 후덥지근한 우기의 나라에 다녀왔다. 하늘이 푸르고 밝았다. 아침에 눈을 뜨고 블라인드를 올리면 파란 하늘과 쨍한 햇빛이 방 안 가득 쏟아져 들어왔다. 사람에게 일조량이 얼마나 중요한지 깨달았다. 절대 또 가고 싶지 않을 것 같았는데, 한국에 돌아오고 일주일 만에 그곳이 그리워졌다. 그리고 언제부터 한국의 겨울 하늘이 이렇게 어두워졌나 슬펐다.

나는 강원도의 햇살과 하늘과 바람을 먹고 자란 아이다. 지금 그 깨끗한 자연은 어디에 있는가. 답할 수 없다는 것이 화가 난다. 이런 하늘을 가져온 건 우리 모두의 잘못이다. 어두운 한국의 겨울을 지나며 사람의 건강에 일조량이 얼마나 중요한지 깨달았고, 이런 하늘에 우리가 얼마나 많은 것을 버렸는지 생각했다.

다음 소설에서는 그런 것을 쓸지도 모르겠다. 우리가 너무 많은 것을 버려서 다음 세대가 무언가를 찾아야 하는, 매일 모험을 해야 하는 날들이 온 언젠가를.

이 책의 작품들을 수정하는 동안 Fujii Kaze의 음악을 많이 들었다.

2023년 3월, 한요나.